白夜

——余命二カ月・間質性肺炎との共生——

特発性間質性肺炎と診断され、余命二カ月と宣告された衝撃的な日から早や十年、
幸運にも名医との出会いで今も生きている。

序

愛知万国博覧会が行われた二〇〇五年の春、突然予期してもいない病魔に襲われた。〝特発性間質性肺炎〟である。この病気の歴史は浅く、それまで多くは知られていなかったが、二〇〇〇年代に入ってから急増し、現在は国内に一万人以上もの患者がいるという。

当然、自分にもその予兆はあったのだろうが、当時は仕事に追い回されて気にも留めていなかった。しかし、わずかな運動や坂道、階段での歩行が急に辛くなってきていたのは事実である。

特に煙草の煙や自動車からの排ガスを吸った時は、呼吸困難に陥るほどだった。その後、寝ていても呼吸が苦しいと感じるようになってきた。

「これは運動不足による体力の衰えだけではない」

と気付いた時にはすでに遅かった。診察の結果、特発性間質性肺炎と診断され、余命二カ月と宣告された。

しかし、衝撃的な日から早や十年を経て私はまだ生きている。ここまで生きることができたのは、奇跡的な名医との出会いがあったからである。

この本は、その間の精神状態や日々の暮らし、闘病生活を綴った体験談であり、同じ病気をもつ患者さんの治療への励みになれば嬉しい限りである。

白夜

目次

楽観視

大学も新年度が始まり、気持ちを新たに仕事に打ち込もうとした朝、ベッドから起き上がろうとしたが、

「アレッ!」

起き上がれない。めまいがして立ち上がれないのだ。

考えてみると、これまで講義が終わった後は、ただ単に疲れだけでなく呼吸困難に陥ることも少なくなかった。会議中には酸欠状態で意識が朦朧《もうろう》となることもあった。帰宅しようとして立ち上がれず、両脇を抱えられて駐車場に向かったり、信号待ちしていてそのまま意識がなくなったりしたこともあった。日常の生活でも転びそうになるなど、危険な状態が続いていた。

「疲れているのかな?」

そう思い、気にも留めていなかったが、毎晩二時間おきに咳と痰に悩まされ、熟睡

ができない日々が続き、徐々に体力が消耗していったことは事実である。風邪の症状とは違うと思っていたが、咳や痰の回数も増えるばかりだった。

「体力が落ちたのか？」

いやそうではない。呼吸困難になることも多く、やむを得ず近くの病院で診察を受けた結果、大量のダニの糞を吸い込んだことによる喘息との診断だった。

医師からは喘息の主な原因物質の七〇％が家ダニの糞であることを聞かされた。確かに以前、掃除の行き届いていない公共施設の部屋で学生たちと合宿したことがあり、その直後から喘息の症状に見舞われたことは間違いない。運悪くその時は風邪気味だった。担当医師から、

「死ぬまで飲み続けるしかない」

と言われ、喘息に効果があるという薬剤を三年間飲まされ続けてきた。いわゆる抗生物質である。

「その薬のせいなのか？」

ただ、飲むほどに病状がさらに悪化してきたことは間違いない。

その薬に不信感を抱き、服用を止めると体調が良くなる気がしてならなかった。しかし、咳込みが酷くなる一方の症状に、妻は回復を信じて毎日飲むように強要したのである。

後で知ったことだが、喘息に効き目があると言われるその抗生物質は、長期間の服用が禁止されていた。それにも拘わらず飲まされ続け、病状は悪化の一途を辿るばかりだった。

それでも、通い続けた病院に転院を告げる勇気もなく、担当医師に症状悪化を訴えると、ＣＴ検査を受けることになった。その結果、

「間質性肺炎の疑いがあるので入院してください」

そう告げられた。

「これまで飲まされ続けてきた薬剤は何だったのか？」

少なからず怒りを覚えたが、当時は告げられた病名がどのような字を書くのかもわからず、言われるまま入院することを覚悟したのである。

そもそも間質性肺炎とは？

間質性肺炎は、肺の間質が炎症している疾患であるが、特発性間質性肺炎は特に原因が特定できない間質性肺炎の総称であるとされている。したがって、特発性肺線維症や非特異性間質性肺炎等、七疾患に分類されているようである。

この中で、特発性肺線維症は喫煙者と密接な関係があることは知られているが、自分は喫煙者ではないので、今回の症状に対しての直接的・間接的影響はないに違いないと思った。

ただ、家族の中で、過去に間質性肺炎を患った場合には、遺伝子上の観点から、この病気を発症しやすいようである。しかし、調べてみても家系にはいない。

ただ厚生労働省の調査では、近年、急激に患者数が増加してきているようである。特発性間質性肺炎の件数が平成六年は一〇〇〇件にも満たない状況だったが、それか

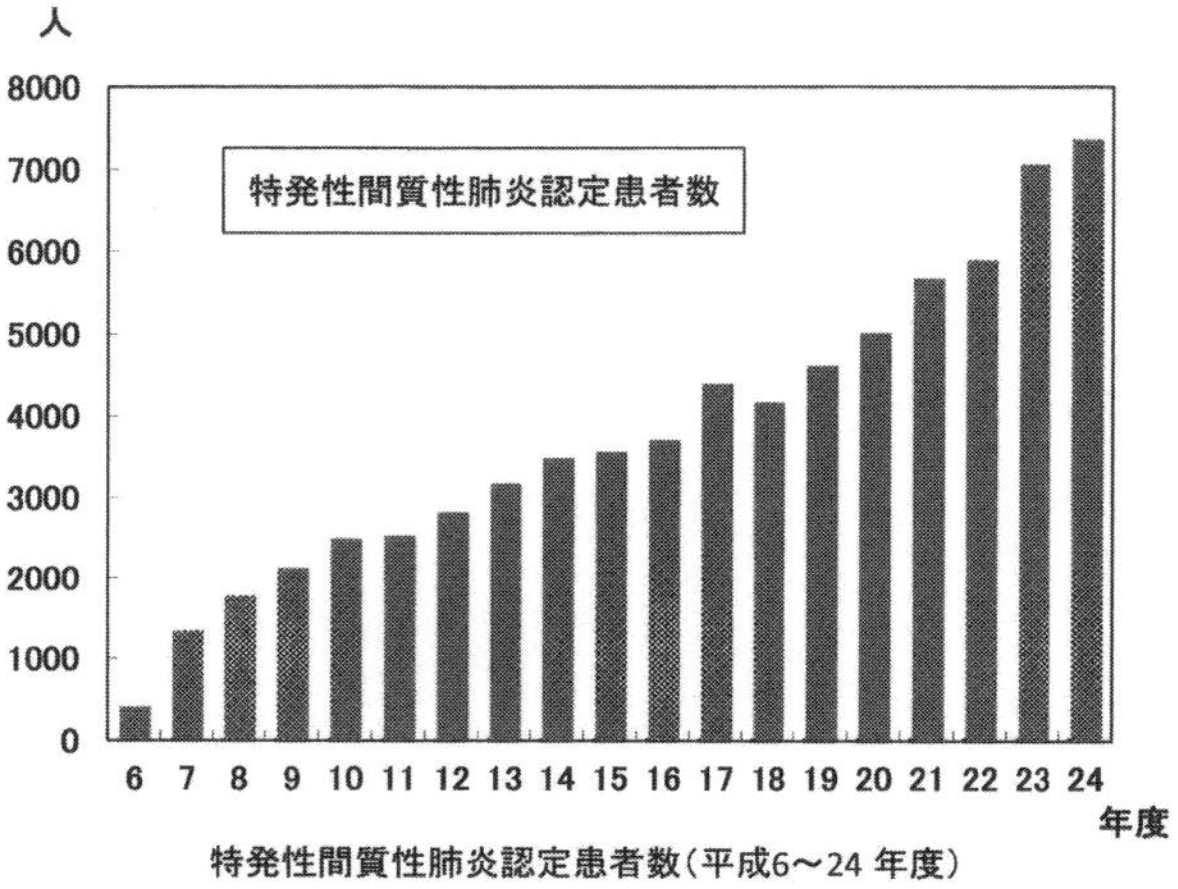

特発性間質性肺炎認定患者数の経年変化（平成 24 年 3 月 31 日現在）
平成 6 年から平成 17 年まで増加し続け、平成 18 年に落ち着くが、その後も再び増加傾向にある。（難病情報センター）

ら十年後の平成十五年には三五〇〇件を上回り、平成二十二年度になると約六〇〇〇件に達している。現在では七〇〇〇人を上回る患者が医療受給者として登録されているという。

当然のことながら、人口規模の大きい都市ほど特発性間質性肺炎交付件数も多く、東京都、大阪府、次いで神奈川県の順になる。愛知県は埼玉県に次いで五番目のようである。しかし、人口比率からはほぼ全国平均並みで、特に愛知県が特発性間質性肺炎になりやすい地域とは言えないようである。

ただ、特発性間質性肺炎の患者数に

占める男女間の比率は、全国的に見て圧倒的に男性が多いようである。特に愛知県は女性の患者数に対し、男性の占める割合が二倍以上なのは気になるところである。

これまで、特発性肺線維症の有効な治療法は確立していないが、特発性間質性肺炎の中の非特異的間質性肺炎はステロイドや免疫抑制剤による治療になるようである。

セカンドオピニオンの大切さ

入院前日の夜、以前からゼミ中に箱ティッシュが手放せない異常さに気付いていた大学院生が訪れ、

「他の病院で診てもらったらいかがですか?」

と勧められた。その院生は間質性肺炎に関する分厚い資料を見せ、転院を促したのである。渋ってはみたものの、その真剣な眼差しと迫力ある説得は、頭の固い私の心を揺り動かすのに十分だった。

以前から妻にも転院を勧められてはいたが、心にも留めていなかった。妻が心配するのは、我が家の数軒先の御主人がつい最近、間質性肺炎で亡くなっていたからだった。御主人を間質性肺炎で亡くした親子が挨拶に来て、

「一度は退院したのですが……」

と残念がっていたようである。

「主人も同じような症状で……」と伝えた妻に、後から間質性肺炎の資料を持ってきてくれた。しかし、当時は「自分には関係がない」と思えていたため、資料を全く読もうともしなかった。

このような聞き分けのない自分勝手な夫に、妻も歯がゆかったに違いない。とはいえ、どこの病院に行けば良いのか見当もつかず、入院する朝になって病院に電話した。

「他の病院でも診てもらおうかと思うのですが……」

と転院を告げた。

「あ、そうですか」

それだけだった。あっさりと受け入れてくれた病院側に感謝はしたものの、あまりにも

セカンドオピニオンで転院した公立陶生病院。瀬戸市の中心街の高台にそびえるこの病院は、この地域を支える貴重な医療機関である。

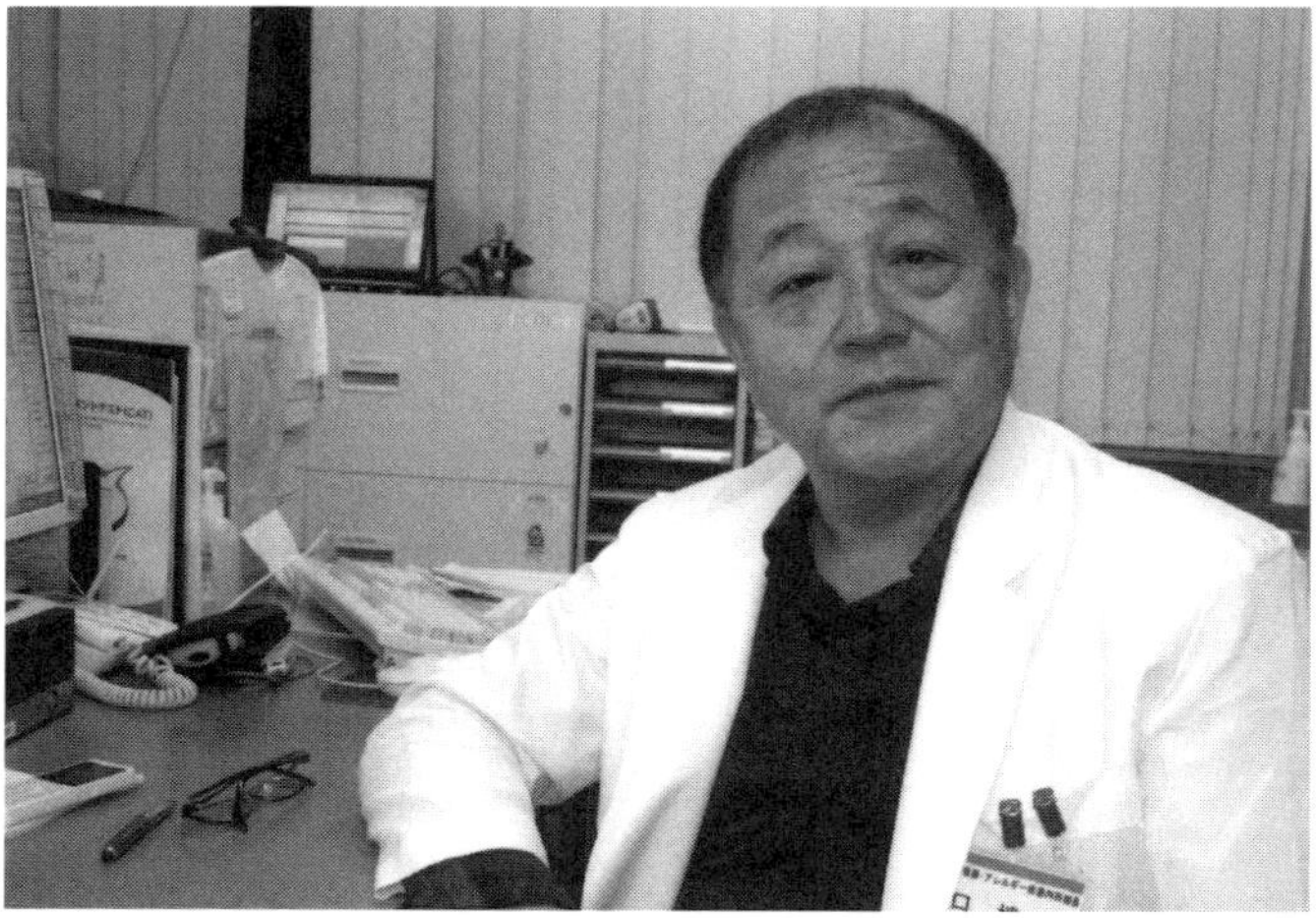
主治医の公立陶生病院・谷口博之参事・兼呼吸器・アレルギー疾患内科部長・兼リハビリテーション部長。名古屋大学医学部臨床教授も務め、日本呼吸器学会の重鎮である。この名医に出会えなかったら、今日この世に自分は存在しない。まさに命の恩人である。

簡単な返事に驚いた。

しかし、転院が承諾されたことから少し気が楽になり、早速、勤務先の愛知教育大学の保健管理センターの医師に相談した。

どこの病院に行ったらいいのかもわからず、妻が以前から言っていた間質性肺炎の専門医の名を挙げた。

「大学の先輩です。今から電話をして紹介状を書きます」

センターの医師からの思いもかけない返事。まさに、棚からボタ餅の心境である。運の良さに助けられ、その日の午後には専門医が所属する公立陶生病院で診察を受けることができたのである。

公立陶生病院の検査室。まず、尿検査と血液検査が行われ、一時間後には検査結果が担当医師に送信される仕組みになっている。検査の対応と結果の早さには驚いた。

入院のための保証人

この時、大学の保健管理センターの医師に相談したことを悦《よろこ》んだ。しかし、それも束の間、現実はそれほど甘くはなかった。新しい病院の専門医の診断では、このまま入院であることを告げられた。

「今日は帰れないのか?」

突然の診察結果に落ち込んだが、妻はそれどころではなかった。明日までに保証人が必要なのだ。近くに身内はいない。多額な入院費用の保証人である。簡単に頼める筋合いのものではない。しかし、それだけではなかった。

「身内の方はすぐ来るように」

この申し出を医師から伝えられ、早く妻の言うことを聞いておけば良かったと後悔したが時すでに遅く、病状が予想以上に悪かったのだ。セカンドオピニオンが大切で

あることは聞かされていたが、

「これほどとは……」

思わず絶句した。

翌日の朝、保証人は知り合いの自動車修理工場の社長が引き受けてくれたことを知った。以前からの付き合いはあったものの、近くに親戚のいない自分にはありがたかった。社長の奥さんの笑顔が観音様のように脳裏に浮かんでくる。

身内や親戚でもないのに自分を信頼してくれたのだ。言い表せない感謝の気持ちでいっぱいになった。と同時に、

「絶対に迷惑はかけられない」

そう心に誓ったのである。

保証人を受け入れてくれた岡崎の小島自動車修理工場の奥さん。身内にも間質性肺炎の患者がいるという。東京から愛知県に赴任した時から40年以上もお世話になっている。現在では二人の御子息が工場を支えている。

余命を告げられた日

身内と言っても父親は三年前に他界、高齢の母親や姉妹は北海道に住み、すぐに来ることはできない。妻からの連絡で東京から息子が駆けつけ、息子と三人で主治医からの病状を聞いた。

「特発性間質性肺炎です」

特発性とただの間質性肺炎との違いについての知識はなかったが、

「病状はかなり進行していて余命二カ月です」

と宣告された。突然のことで最初は何を言っているのか理解できずにいたが、しばらく沈黙の後、

「残り二カ月ということですか?」

息子が聞き直した時、ようやく自分のことと理解した。

「運が良ければ最長三年生きた例もあります」

これを他人事のように聞いている自分が不思議でならなかった。あまりにも突然で実感が湧かなかったのだ。

夕方になって妻と息子が帰り、一人取り残された病室の窓を染める赤い夕陽が印象的だった。昔から何故か朝日より夕陽が好きだった。

幼き頃、父の勤めていた社宅は木工場の敷地内にあって、空が夕焼けに染まる頃になると、従業員の誰もが明るい表情で帰って来る。精一杯働いた満足げな顔だ。それが幼な心にも好きだったのかも知れない。その瞬間、

「ああ！　自分は定年まで生きることはできないのか」

いつもなら仕事を終えた後、この時間帯は職場の仲間や学生たちとその日の講義や人生観など、喫茶店であれこれと語らっていたものだ。

そのあたり前だった毎日が夢のように思えた。それだけではない。今起こっている現実を受け止められないでいる自分が情けなかった。

病室は五階だった。交差点では学校帰りの高校生や買い物帰りの主婦が足早に行き

来しているのが見える。しかし、真下を見ると五階は結構高い。しかし、スキー場のジャンプ台に比べれば大して高くはないように思えた。

「ここから飛び降りると死ねるのか」

そんな気持ちがフッと湧いてきた。夜も眠れない息苦しさに疲れ果てていたのか、あるいは諦《あきら》めの心境になっていたのかも知れない。でも思い起こせば一度は死んだはずだった。

ボロな服でも汚くない

幼少の頃、近くの叔母の家に遊びに行ったことがある。丁度、大事な客が来ているようだった。玄関から入ろうとした瞬間、いつもは優しいはずの叔母が、

「汚い恰好をして入ってきてはダメ！」

突然怒鳴られた。一瞬、何が起こったのかわからなかったが、そのまま自宅に戻った。

母から、

「アレ、早かったね。叔母さんいなかったの？」

「叔母さんはいたよ。でも汚いから帰れと言われたから……」

しょんぼりした顔で告げた途端、母は自分を抱きしめながら泣いた。

「ボロな服でも綺麗に洗濯してるから汚くない」

そう言って涙を流した。

今にして思えば、貧しい我が家に比べると、母の妹にあたる叔母の家は裕福だった。よほど悔しかったに違いない。そんなことがあってから、貧乏という意味がおぼろげながら理解できるようになってきた。

丁度その頃、夕方、ボロな着物を着た若い母親が赤ん坊を背負い、社宅の裏木戸から
「お米のとぎ汁はありませんか?」

そう言って訊ねてきたことがある。夕食の支度をしていた母に伝えると、

「今晩の食事は芋なので、とぎ汁はないの」

それを訪ねてきた若い母親に伝えると、

「この子のお乳代わりになんですよ」

悲しそうな顔をして肩を落とし、弱々しい足取りで帰って行った。

そういえば、自分の母親もお乳が出ないので、近所のおばさんに頼んで妹に乳を飲ませてもらっていた。その頃は、満足な食事もできなかったので、母親も母乳が出な

かったのだ。

「一人でも子供が減ると生活が楽になる」

幼いながらもそんな思いが頭をよぎったのである。

一度は死んだ身

ある晩、父と同じ工場に勤める人が亡くなったことを耳にした。枕元で聴いていたのでよくはわからなかったが、冬の寒い夜、酔って帰って来て家に入れてもらえず、そのまま玄関先で寝込んでしまったらしい。朝には凍死していたようだ。

「そうか、寒い屋外で眠れば死ねるのか」

そう思い、冷え込んだ翌日の夜、ソーッと自宅を抜け出した。愛用のそりを引き、いつも遊び慣れている堤防の坂に向かった。

「ここがいい」

堤防の斜面に寝ころんで空を見上げた。その夜は晴れていて満天の星がキラキラと輝いていた。その美しさに感動していると、いくつもの流れ星がアッという間に消えてゆく。

冷え込んだ夜、星空を眺めて寝ころんだ当麻川の堤防。幼い頃はそり遊びをしていたが、その時は大きく思えた川幅も狭く、今は堤防でそり遊びする子供もいないようである。当時は子供が多くあちこちで見かけたが、過疎化・少子化で子供たちの姿は見えない。

「何故消えるのだろう?」

不思議な疑問が湧いたが、流れ星を見ているうちに、

「僕も流れ星になろう」

そう決意して目を閉じた。何故か寒さは感じなかった。しかし、翌朝は暖かい布団の中で目を覚ました。

「おかしいな。死んでない」

そのことに驚いた。昨晩、自分がいないのに気付いた母が、近所の人が見かけたという橋から、堤防の雪の上に寝そべっている自分を発見したようだ。

しかし、不思議と叱られなかった。

両親は三歳の息子が自殺を企てるなどとは考えてもいなかったようだった。

「そうか、あの時自分は死んだはずの身なのだ」

そんなことを思い出していると気が楽になり、病室で最初の夜も眠ることができた。

親の死に目に会えない親不孝

入院した翌日の朝、目覚めると天井が自宅ではないことに気がついた。そこで、ようやく病気が夢ではなく現実であることを自覚した。ところがその瞬間、真っ先に思ったのは、

「そうか、今日は大学で講義をしなくてもいい！」だった。

いつも学生の前では、元気そうに授業をするのが辛かった。一日数回の一時間半の立ちっぱなしの授業、それに黒板のチョークの粉を吸うと体調が悪化した。それから逃れられるのかと思うと、何故か嬉しく感じられた。仕事に追われ続けて三十数年、

「このまま寝ていられるのは神様がくれた御褒美か」

そんな風に思える自分に驚いた。

それから数日後、明け方に厳しかった父親が優しく笑いながら話しかけてくれる夢

子供の頃、スキーや山菜採り、探検等して遊んだ当麻町のシンボル、当麻山。当麻中学校のスキー大会はこの山だった。この山の麓には当麻川が流れている。

を見た。まるで手招きしているようだった。

「父さん！　待って、僕も行く」

夢中になって父親を追いかける夢だった。

そういえば子供の頃、父親と山スキーに行って、雑木林を華麗に滑り抜けていく父の後を追うのは至難の業だった。偉そうなことを言っても、父親の背中を追い続けた自分がいて、父親の死に目にも会えない親不孝者だった。

父は病床でどれだけ自分が来るのを待ち望んでいただろう。仕事とはいえ、自分の身勝手さを嘆いた。どんな事情があるにせよ、

「帰って付き添ってあげれば良かった」

そんな後悔をいまさらしても遅いのだ。自分が同じ身になって初めて知る愚かさに涙が出た。

進学のため上京

厳しい父だったが、工業高校を出てから二十歳まで勤めていた地方の公務員を辞め、

「新聞配達をしながら東京の大学に通いたい」

その想いを両親に相談した時、

「働きながら大学を出ることなど無理！」

「ましてや大学にも合格していないのに！」

母親は心配のあまり反対したが、父は黙っていてくれた。

父は大学進学を断念して就職した経緯がある。ましてや大手財閥企業の三井鉱山に勤めていたのに、戦後の就職難で小さな木工場に勤めることになり、惨《みじ》めな思いをしての毎日だったことは、子供心に理解していた。

父が亡くなってから、机の引き出しに何枚もの履歴書が残されていたのを見つけた。

旅立つ日、父親が見送ってくれた当麻駅のホーム。駅の裏手には父の会社があって丸太がいつも山積みされていた。現在は他の会社になっているようだ。当時は駅員もいて活気があったが、今では無人駅になっている。

「もっと大きな会社に転職したかったのだろう」

しかし、家族を養うために断念したに違いない。

出発の朝、父は田舎の当麻《とうま》駅（当時は停車場と呼んでいた）のホームに見送りに来てくれた。母は来なかった。しかし、父から母の手弁当を渡された。

汽車に乗り込もうとした時、

「辛かったら帰って来い」

生まれて初めて聞く父親の優しい言葉だった。旭川から函館までの車内で食べる弁当は、旅立つ息子への母の想いが詰まっているようだった。

「母さん。勝手を言ってごめん」

そう心で詫びながらも強気でいたが、函館港で青函連絡船に乗り込み、銅鑼《どら》の鐘が鳴った途端、まだ大学に合格しているわけではない自分に不安と寂しさで心が震えた。そんな思いをしてまで故郷を後にしたことが、走馬灯のように駆け巡った。

気管支肺胞洗浄の苦しさ

入院当初はそれほど楽ではなかった。朝早くから血液の酸素濃度や体温測定、そして診察。ゆっくりと寝ていられるわけではない。この病院では患者と医師が個人対個人で向き合うのではなく、複数の医師と看護師のワーキンググループ方式で患者の治療にあたるという。

いわゆる主治医と二人の医師、三人の看護師、それに二人のリハビリ担当医（理学療法士）の八人体制だ。これほどまでにして病人に向き合ってくれるシステムには驚いたが、何か得をした気持ちになった。

翌朝、看護師から書類に目を通し、同意書に署名、捺印するように告げられた。寝ぼけ眼で読んだ文章は長かったが、

「気管支肺胞洗浄は侵襲的な検査で、頻度は低いが死に至らしめる場合もあり、こ

れから実施する検査に対し、いかなる事態が起こっても異議申し立てをしない」との内容だった。そのことへの警告に対する同意書である。

気管支肺胞洗浄は、読んで字のごとく気管支鏡で肺に生理的食塩水を注入することにより、肺の細胞を回収する検査で、同時に細菌を調べることもできる。洗浄に先立って何度も喉から気管支を麻痺させる霧状の薬を吸い込んだ。いわゆる気管支から肺にかけての部分麻酔のようなものである。

ガスを吸い込む度に口の周りが麻痺してきて、何度もそれを繰り返しているうちに舌や喉の感覚がなくなっていく。唾を飲み込んでも感触はない。口からパイプが挿入されているようである。

治療には主治医を含め、三人の医師が立ち会った。肺に冷たく感じる液体が注入される感覚があり、洗浄中は水に溺れて呼吸ができないような状態になった。いわゆる水を吸い込んで咳こむ苦しさである。

しばらくして、徐々に意識が朦朧となる中で主治医が中断を告げた。二人の医師は、

「洗浄がまだ終わっていない」

しかし、これ以上は危険との主治医の判断だったようである。朦朧とした意識の中で、

「こんな状態で回復なんてあり得ない」

諦めにも似た心境になった。

恩師の励まし

厳しい病状を自覚し、余命二カ月であることや、治る見込みがないことを恩師に報告することにした。いわゆる遺書である。病室にはノートパソコンを持ち込んだもののプリンターはなかった。

恩師が事の重大さを認識したのは、字のへたな自分が手書きによる手紙を出したことだった。そもそも手紙を書くことが苦手で、恩師の下を離れてから手紙を書いたことがなかった。

以前、恩師から送られてきた著書に礼状を出すのを忘れ、叱られたほどである。親不孝だけでなく、恩知らずでもあったのだ。

多忙な恩師からすぐに返事が来た。

「死ぬと思うな！　死ぬと思ったら死ぬ！」

愛知県で日本地理学会が開催され、渥美半島のフィールド・トリップ（野外巡検）での恩師、吉野正敏筑波大教授（現在筑波大学名誉教授）。右側が自分である。この恩師なくして現在の自分はあり得ない。

であった。以前、恩師も大病を患い、厳しい病気を克服した経緯がある。この恩師からの励ましの手紙は、落ち込んでいる自分の気持ちを奮い立たせてくれるものだった。

「このまま死んだら、恩を仇で返すことになる」

「生きなければ！」

そう心に誓った。

恩師を初めて知ったのは大学三年の時だった。背が高く、日本人離れした容姿は、既存の学者のイメージを払拭させるものだった。体格が良いためか、夏の白い半袖のワイシャツに締めたネクタイがよく似合う。教卓の最前列はいつも女子学生が陣取って講義を聞いていた。背が低く、脚が短い自分とは正反対だ。

後でわかったことだが、格好良かったネクタイはドイツで買った五百円の安物だったそうだ。その格好良さに憧れて恩師の指導生になったが、皮肉にも四年生の時には恩師がドイツのハイデルベルグ大学の客員教授として留守だった。

結局、卒業論文は一人で試行錯誤の連続だったが、恩師の後輩にあたる東京教育大学（現在の筑波大学）の大学院生に指導してもらうことができた。

そのためかも知れないが、大学院在学中は、恩師を隊長とする文部省（現在の文部科学省）の旧ユーゴスラヴィア海外学術調査隊に参加させてくれたのである。

肺組織の摘出手術

入院時は、血液検査による腫瘍マーカー値が高いということでガンが疑われた。ＭＲＩやＣＴによる検査、レントゲン撮影が綿密に行われた。その結果、ガンの兆候はみられなかったが、肺の約三分の一は線維化により硬くなり、残りも蜂の巣状態だった。主治医からは、

「生き延びるには肺移植しかない」

そう告げられた。気管支肺胞洗浄の段階で病状が厳しい状況にあることへの自覚症状があったため、これも天命かと諦めた。

肺移植をするということは、他の人の肺組織を使わせてもらうことになる。基本的に病状悪化は自分自身の問題であり、そこまでして生き延びる価値があるのかを自分に問うてみた。

これまで、自分が社会的貢献を含め、学者としての存在価値もあるとは到底思えなかった。その結果、

「他人まで巻き添えにしたくない」

これが自分の答えだった。

それから間もなくして、呼吸器系内科から外科病棟に移された。肺組織を一部摘出して検査する外科的肺生検をするためである。適出した肺組織は顕微鏡で調べられ、ステロイド薬や免疫抑制薬の効果があるかどうかを判定するらしい。

これまで扁桃腺や蓄膿症の手術の経験があるものの、肌に傷口が残る手術は初めてだった。右肺の三カ所から摘出するという。その理由はわからなかったが、左肺の方が機能していたのかも知れない。

外科手術の前夜

二人の看護師が陰毛を剃りに来た。自分にとっては初めての経験である。若い看護師から、

「なかなか剃れない」

との苦情。

「クソッ！」

こちらのせいではない。それより年甲斐《がい》もなく恥ずかしかった。当然のことながら、自慢できるほどの物を持ち合わせていなかったからだ。

外科手術の前夜、エコノミー症候群防止ということで、足を締め上げるストッキングを穿《は》かされた。

「ボディスーツを着用した辛さはこんなものか？」

改めて女性の美に対する忍耐力の強さに驚いた。その晩は下半身の締め付けが苦しくてほとんど眠れなかった。

外科手術の朝、以前、北海道の叔父は全身麻酔が覚めた時、付き添いの叔母に、

「私がわかる?」の問いかけに

「こんな気の強そうな女は知らない」

そう答えたらしい。叔父は後々まで叔母に恨まれたことを思い出した。叔父が何故このようなことを言ったのかは知る由もないが、自分も言ってみたいという衝動に駆られた。妻がどんな顔をするか見たかったからだ。

しかし、手術後の麻酔が覚めた瞬間は、そんな余裕は全くなかった。それどころか身体中が点滴チューブだらけで、酸素吸入器からの呼吸をするだけで精一杯だった。

残念?

今にして思えば言わなくて良かったのだ。

七夕飾りに書いた願いごと

七夕の季節を迎え、院内の待合室に七夕飾りが設けられた。思い起こせば北海道では竹がないため、川岸の柳を七夕飾りに利用する。柳は長男の自分が切って持ち帰るのが恒例だった。七夕飾りはそんな少年時代を思い出し、懐かしかった。

看護師から願いごとを書くようにと赤い短冊を渡された。

「病気が治りますように！」

と書きたいところだが、間質性肺炎は完治することがない病気なのでやめた。この病気とはいかに付き合っていくかである。そこで一番好きな歌を書いた。

これまで、学生時代から二十六歳の若さでこの世を去った天才、石川啄木の短歌に感銘を受け、自分の生きざまを重ね合わせることが多かった。その中で特に好きだった啄木が故郷を想う歌を書いた。

病のごと　思郷の心湧く日なり　目に青空の　煙悲しも　（石川啄木）

である。

「さすが大学の先生」

看護師は感心してくれたが、短歌の季語は自分の専門に通じるものがあり、病に伏している時にこそ故郷を思い出すものだ。故郷の夕焼けや、家々の煙突からたなびく煙が脳裏に浮かぶ。

自分の故郷は、北海道の内陸部に位置する上川盆地の片田舎（当麻村、現在は当麻町）だ。もう啄木よりも三〇年以上も長生きしている。それを考えると、残り少ない

幼少から高校時代まで育った当麻町（当時は当麻村）の街並み。木材業界が活性化していた時代は人口が３万人を上回っていたが、現在はその面影も薄れ、過疎化した街は人影もまばらになった。

余命も自然に受け入れる気持になれた。

ただ、北海道に住む姉から、

「親より先に死ぬのは最大の親不孝だ」

これには参った。貧乏な学生時代、姉と妹はわずかな小遣いを手紙に添えて送ってくれた。姉は既に家を出ていたが、妹はまだ高校生だった。送ってくれた五百円札（当時）を大切に本の間に挟んでいたが、本当にありがたかったことが未だに忘れられない。

それがどれだけ嬉しく、ありがたかったかを思い出した。それ故、姉の厳しい、

「叱咤激励に応えたい」

「できるなら、そうしたい」

そう思ったが、無理なことはわかっている。

吉田松陰が、幕府転覆の罪で切腹を言い渡された時の心境が身に沁みる。

親思ふ　こころにまさる親こころ　けふの音づれ　何ときくらん　（吉田松陰）

親が子供を思う気持にはかなわない。母親が死ぬほど心配しているに違いないと思うと、簡単に生きることを諦めるわけにはいかないのだ。

手術後初めての入浴

入院中の入浴は曜日や時間が限られていて、めったに入ることはできなかった。その代わりに看護師が夕方に熱いタオルを二枚病室に運んできてくれた。一枚目は上半身、二枚目が下半身、それで身体を拭いて終わりだが、頭を洗うことは許されなかった。

当然、髪の毛はバサバサだが、毎日ベッドに寝ているだけだからなのか、日頃のように頭がかゆいという感覚はあまりなかった。逆に毎日洗髪をしている時より髪に艶が出ているような気さえした。

外科手術後は肺にビニールパイプを付け、点滴用のスタンドを押し歩く日々だった。その二週間は毎日が鎖に繋がれているような気分だった。当然のことながら風呂にも入れず、行動が制限されて辛かった。

しかし、ビニールパイプがようやく外されると、若くて美しい看護師から、突然！

「お風呂に入りましょうか？」

と告げられた時は嬉しかった。何を勘違いしたのか一瞬心が時めいた。

「背中を流してくれるのかな？」

「病人の特権か？」

などと勝手に想像していたが、そうではなかった。

それは、入浴時間の制限と自分を窓越しに監視するためのものだった。入浴時間は十五分以内と決められていたからだ。

「相変わらず俺はバカだな」

そう自分を戒めながら入ったが、久し振りのお風呂は心と身体を十分に満足させてくれるものだった。

特定疾患の認定

外科手術をしてから約一カ月後、摘出した肺組織の病理診断結果が出た。ステロイド（プレドニン？）と免疫抑制薬が有効かもしれないと診断されたようだ。その段階で特定疾患の認定を受けることを主治医から勧められた。

後で知ったことだが、ステロイドと免疫抑制薬による治療はかなりの金銭的負担を強いられるようで、間質性肺炎の症状によって国から認定された場合、医療費の補助が受けられるからだった。

病状のグレードは肺機能の検査だけではない。リハビリテーション部で運動機能も試される。同年代の健康的な男性に対し、どの程度劣っているかを確認するためである。

握力や下肢筋力、最大の歩行速度、エアロバイクによる自然呼吸と酸素吸入時の定負荷量での持久力など、数日間にわたって課せられる。これらの運動能力検査は手抜きが許されない。

特に辛かったのはエアロバイクによる体力測定である。最初は軽いものの、徐々に負荷が増し、一〇〇ワットの負荷で三〇分間こぎ続けなければならない。これには

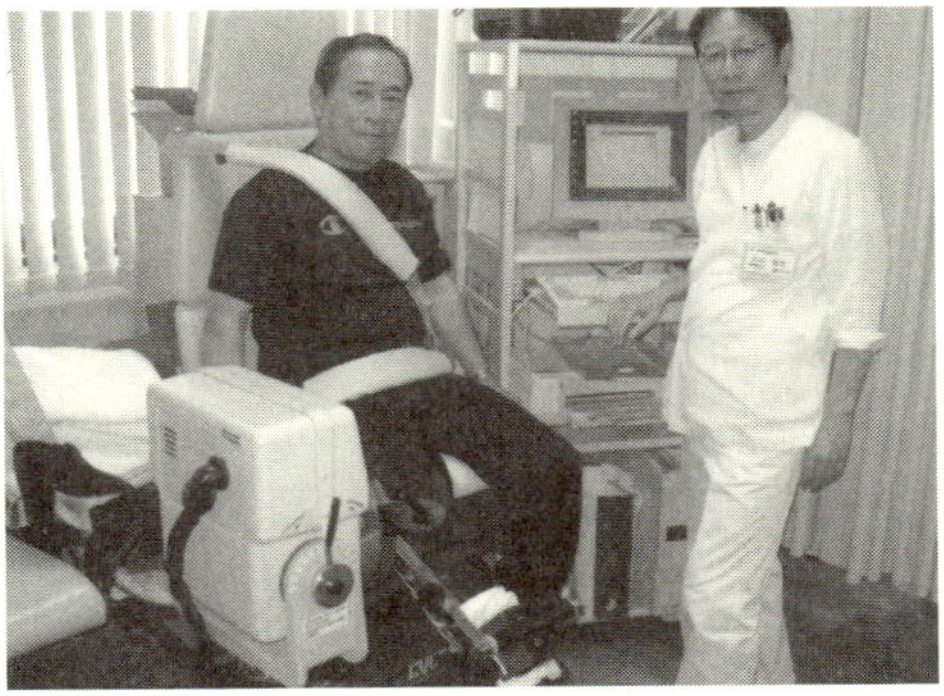

入院当初から行われている下肢筋力検査。この検査は、膝を伸ばす筋力の強さを計るものであり、左右の膝の曲げ伸ばしを連続して四回実施する。

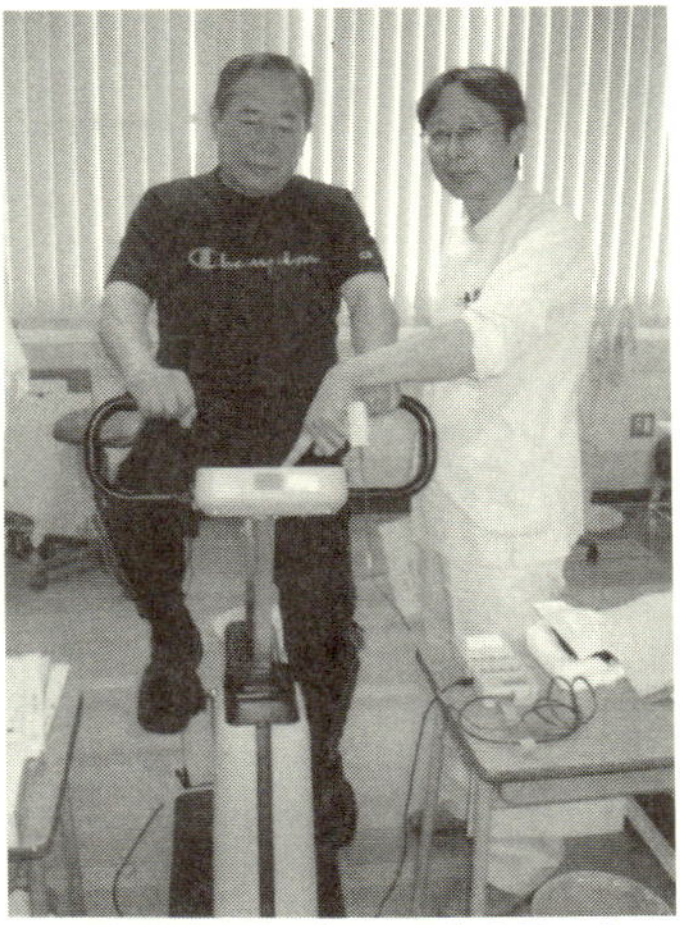

公立陶生病院小川智也リハビリテーション部室長によるエアロバイクでの運動機能検査。小川智也理学療法士は、日本理学療法学術大会のシンポジウムで座長を務めるなど、実践的な役割についての研究者であるが、入院当初から10年以上に亘って励まし続けてくれた。

参った。病状による影響もあるが、日頃の運動不足が露呈したようなものだった。

その結果、当然のことながら健康な人と比較すると、肺機能や運動機能もはるかに劣り、〝見事？〟特定疾患の患者として認定された。これからが本格的な闘病生活だ。

主治医からステロイドがどのような薬剤で、どれだけ危険であるかの説明を受けたが、ほとんど理解できずにいた。ただ、ステロイドが副腎から作られる副腎皮質ホルモンの一つで、体内の炎症や免疫力を抑制する作用があり、間質性肺炎にも適応するというものらしいことは聴きとれた。

副作用は風邪やインフルエンザになりやすいことや、骨粗鬆症、糖尿病、血栓症、不眠症やうつ病、高血圧などであるが、増毛も含まれていた。いずれも誰しもが罹《かか》りやすい病名である。

看護師からステロイドによる副作用に対して異議申し立てをしない旨の趣意書に同意するよう求められた。

「酸欠による苦しさから逃れられるのであれば」

そう思っていたので、藁《わら》をも縋《すが》る思いでサインした。

ステロイドが初めて投与された日

ステロイドの効用については理解していたものの、副作用についての覚悟が必要だった。ステロイドが注入される前の晩、

「ステロイドが投与されると、今までの自分ではなくなる」

「どのように身体が変わっていくだろう」

不安な気持ちが頭の中を駆け巡り、なかなか寝つけなかった。

翌日の朝、看護師が持って来たのは液体のステロイドだった。五〇〇ミリリットルあって、その量の多さに驚いたが、一時間余りの点滴だ。妻はまだ病室には来ていない。そこで、近くに住む研究室の大学院生に電話した。

「もうこれまでの自分には戻れない」

そんな気がして誰かに見ていてほしかったのだ。心細そうな自分を見て、院生は

「弱気になっている先生を見たのは初めて」

と言って笑った。それでも初めてのステロイドを注入している間は、院生が付き添っていてくれるだけで心強く思えた。夕方にもう一度、計一〇〇〇ミリリットルのステロイドが体内に注入された。不思議な感覚だった。

ステロイドを注入した翌日の朝は下着や寝間着のみならず、シーツの上に敷かれていたバスタオルまでもが、グッショリ濡れるほどの寝汗をかいていた。

「もう体内にステロイドが入っているのだ」

そう思うと不安になり、腹筋や腕立て伏せをして筋力の変化を確かめた。顔を鏡で見たが変わった様子はない。

すぐにステロイドの副作用が出るはずはないのだ。それでもホッとしてその夜は熟睡したが、これは最初のステロイド治療で、それからステロイドの点滴は三日間、毎週続いたのである。

ステロイドの効果と副作用

これまで、上を向いて寝ると二時間ほどで呼吸が苦しくなって目を覚まし、喉に詰まった痰を吐きだすのが日課だった。枕元には箱ティッシュが欠かせない状態だった。そんな時は横向きで寝ると呼吸が少し楽になったような気がする。いつもこんな状態の毎日で、爽やかな目覚めなどは到底望めるすべもなく、酸欠でいつも頭は痛かった。

そういえば、この病気になってからは、真っ暗な夜道で道に迷う夢や、川に落ちて溺れる夢、高い所から落ちる夢、仕事に行き詰まっている夢など、もがき苦しむ夢ばかりだった。しかし、目を覚ました時には、

「ああ!夢で良かった」

そう思えることが多かった。よく正夢と言われるが、その時の精神的・肉体的状態

を反映しているのかも知れない。

しかし、ステロイドを注入してからは咳や痰が減り、心地よい深い眠りが得られるようになってきた。

今は年老いて小さくなってしまったが、まだ若かった頃の母が自分を抱き上げ、トウモロコシの穂先にとまったトンボを捕らせてくれる夢を見た。こんな夢を見たのは数年振りのことである。

朝起きてからふと幼き頃を思い出し、

「母より先に旅立つ不幸だけは……」

と意を強くした。

その日の朝、病室に来た主治医がいつになく明るく機嫌が良かった。

「ステロイドの効果が得られたのではないか?」

そう思われるほどであったが、主治医の口からは甘い言葉は聞かれなかった。

「慎重なのか?」

初めて診察を受けてから、これほど主治医の明るい顔を見たことがなかった。

しかし、それから間もなくしてステロイドの副作用が出始めた。身体全体が丸みを帯び、顔が赤らんできた。お腹が膨らみ始め、爪も変形してきた。さらに、毛深くはなかった手足に黒い体毛が伸び始めたのには驚いた。

「髪の毛は増えているのだろうか？」

などと期待してはいたものの、頭髪が縮れるようになってきた。顔も腫れてきた。

「この後どうなるのだろう？」

不安な気持ちになったが、これはステロイドの副作用として最初から告げられていたことであり、それを実感する日々が続く毎日だった。

辛い肺機能検査

ステロイドを注入し始めてから数日後、肺機能検査を受けることになった。これまで、肺機能検査といえば肺活量の測定くらいであったが、そんな簡単な検査とは程遠いものだった。

肺機能検査は、息を吸ったり吐いたりして空気の出し入れをする換気機能や、肺の容積を調べるためのものである。

検査の種類は、空気を胸いっぱいに吸い込んでゆっくり吐き出す肺活量や、勢いよく吐き出す努力性肺活量、スパイロメーターと呼ばれる機器による拡散能、アストログラフによる気道過敏症検査、モストグラフによる呼吸抵抗試験などである。

検査前には年齢、性別、身長、体重が計られる。これは正常な人と比較するためのものであり、

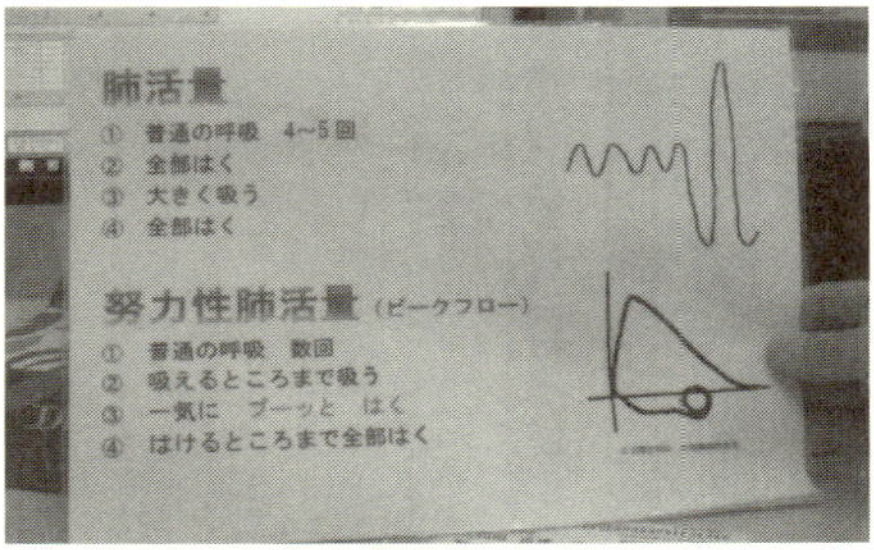

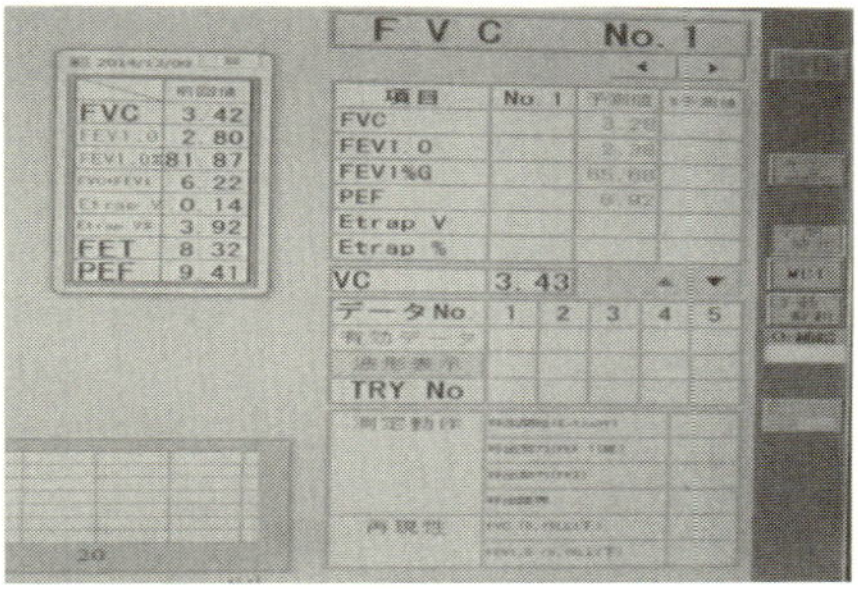

肺機能検査の種類は、空気を胸いっぱいに吸い込んでゆっくり吐き出す肺活量や、勢いよく吐き出す努力性肺活量、スパイロメーターと呼ばれる機器による拡散能、アストログラフによる気道過敏症検査、モトグラフによる呼吸抵抗試験などである。

「息を吸って、一〇秒止めてから思い切り吐いて！……」

そう言われても咳込んで呼吸困難になり、簡単にはできなかった。

肺の三分の一が硬くなっている自分にとっては、深呼吸をした時点で咳込んで、数十秒間息を止めていることすらできないのである。このような状態なため、息を吸って止めるレントゲンや、ＣＴスキャンの撮影でさえ咳込んで厳しいものだった。

五種類ほどの検査を何度もやり直し、肺機能検査が全て終えるのに一時間以上かかることもあった。これほど辛いと思ったことがない。

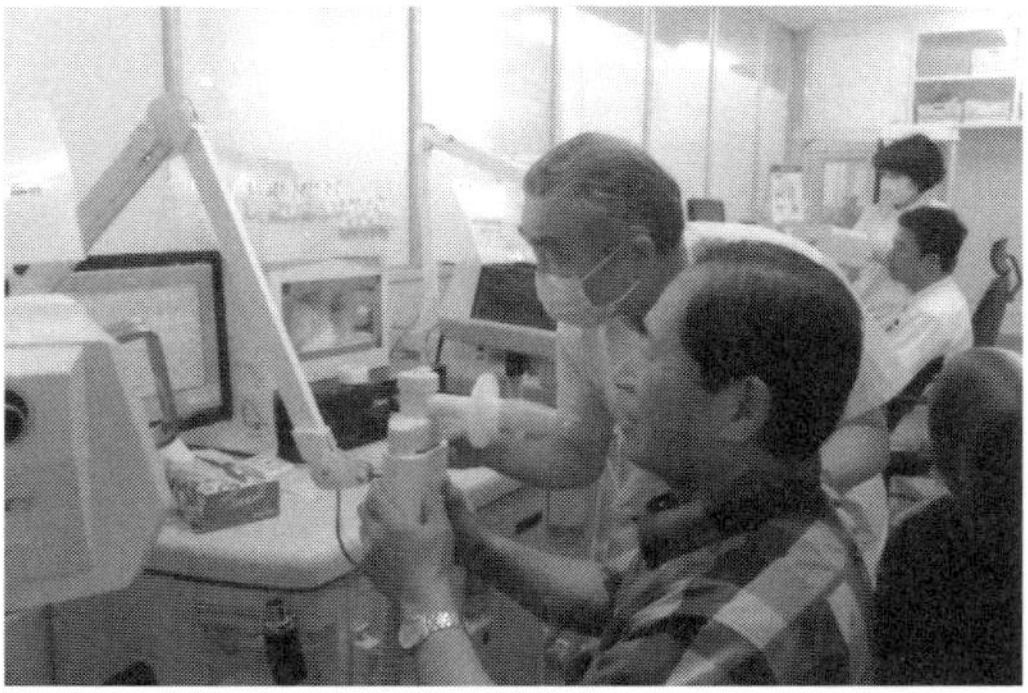

定期的に行われる肺機能検査では、臨床検査部生理機能検査室長の佐藤君夫臨床検査技師が、いつもベストの検査結果に向けて励ましてくれた。

「健康な人ならたやすい検査なのだろうか？」

つい疑うほどであったが、自分の肺の重症度を認識するには有効な手段であることは間違いない。いつの日か、この検査が楽にこなせるようになることを、

「あの時、七夕の短冊に書いておけば良かった」

今頃になって後悔したのである。

病室と看護師詰所の距離

入院した時から病室は看護師詰所の前だった。後で知ったことだが、病気の重症度で病室の位置が決まっているようだった。少なくとも自分の症状はかなり悪いランクに入っていることが病室の場所から推測できた。

症状の重い患者ほど、看護師の出入りが激しくなるのが当然であるからだ。したがって、看護師詰所に近い病室では、急用でもないのに呼び出しブザーを鳴らし続け、看護師が駆け付けるといったことも少なくなかった。まさに病院は戦場のようである。

右隣りの病室は昼間でも多くの女性の声で賑やかだった。病人はお婆さんのようだったが、かなり厳しい状況のようである。ほとんど本人の声は聞かれないが、それにも拘わらず毎日のようにやって来る。生きている本人を前にしての遺産相続の分配に対しての相談だ。

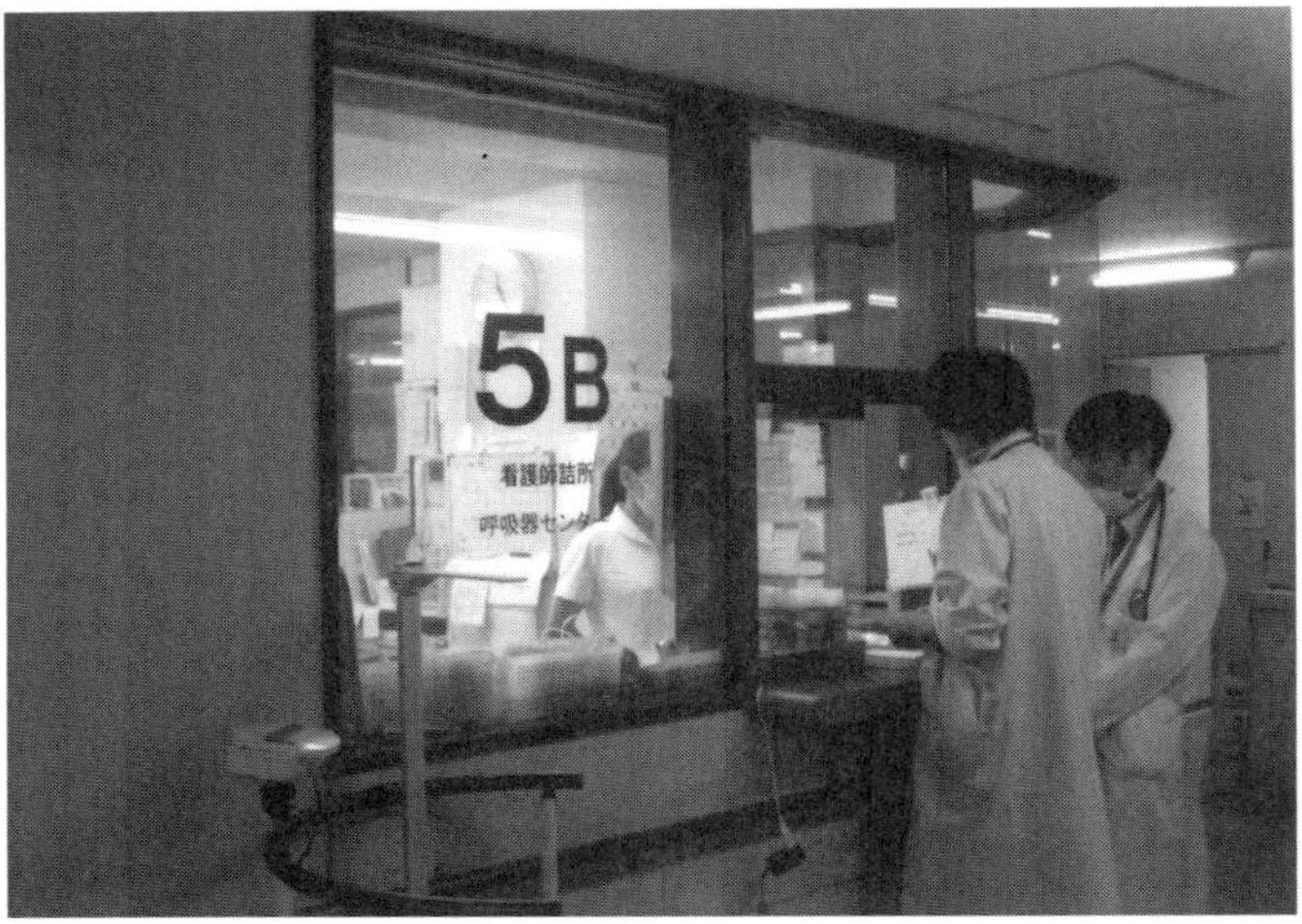

公立陶生病院の５階にある呼吸器・アレルギー科病棟の看護師詰所。自分の病室は詰所の目の前だった。したがって、いつでも看護師が駆け込める重症患者用の病室であったことは間違いない。現に余命２カ月を宣告された重症患者であったことは事実である。

夜になると男の人の声がした。母親を気遣う息子のようだ。病室のドアは開けられていることが多く、廊下側からかすかな声が聴こえてくる。感謝しているようだった。それから間もなくして静かになった。亡くなったのだ。

医師や看護師は毎日これを見届けているのだ。それに比べ、自分の仕事は真夜中に呼び出されることはなく、夜勤の経験もない。医師や看護師に比べれば楽な仕事と思えるようになった。

今度は自分の番

朝方は、看護師や医師が廊下を慌ただしく走る音で目を覚ますことが多かった。大体が朝の五時頃である。呼吸器系の重症患者のほとんどは酸素吸入に頼っていて、「ピッ、ピッ！」の音が鳴りだすと酸素不足の合図、「ピーッ」の場合は危険な状態のようだった。そう言えば、肺細胞の摘出手術後に麻酔から覚め、意識を回復した時は、「ピッ、ピッ」だった。

酸素吸入はしていたものの、酸欠で自分も厳しい状況であったことを再認識した。

ある朝、左隣の病室で、

「ピーッ！」

と鳴り続ける音で目を覚ました。突然、廊下で物音がして、何度か看護師が名前を呼

び続ける声が聞こえてきた。しばらくしてその声が聞こえなくなると、急に病室は静まり返る。恐らく医者が、

「御臨終です」

そう言っているに違いない。その声は聞こえないのだが、そのような雰囲気が伝わってくる。

間もなく身内の方が駆けつけて、慌ただしい足音が病院の廊下に響く。すすり泣く声がして、

「あんな丈夫だった人が……」

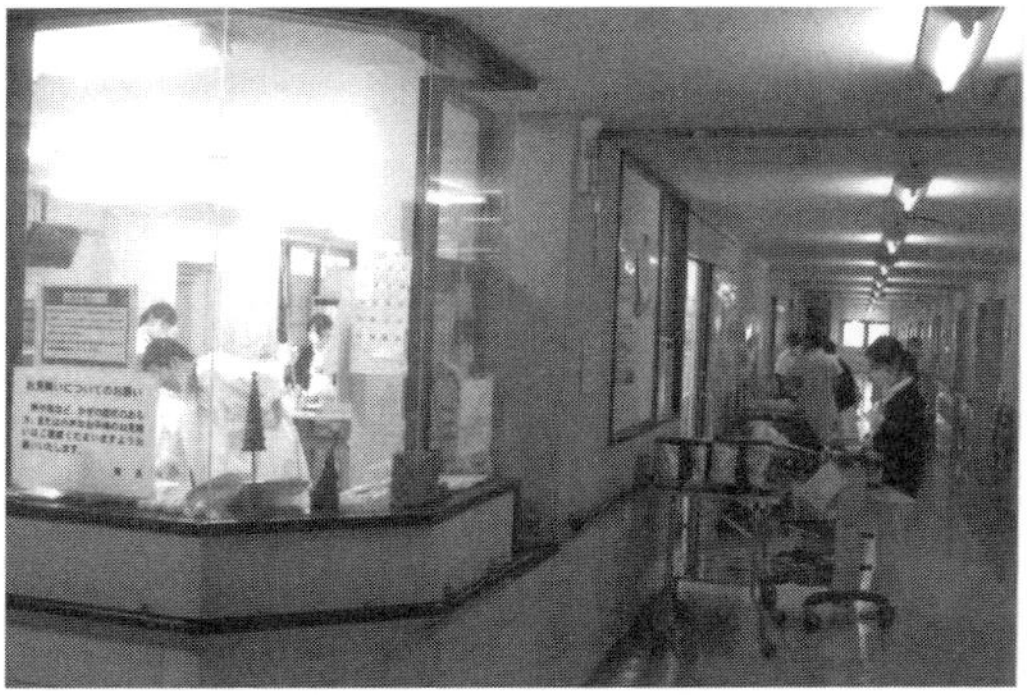

看護師が行き来する廊下は、時間制限がない。就寝時には２時間に一度の病室見回りも課せられているようだ。懐中電灯で照らされる瞬間は、悪いこともしていないのに何故か緊張するから不思議である。

そんなヒソヒソ話が自分の病室の横の廊下で聞こえる。

「今度は自分の番か、自分は隣の病室よりも看護師詰所に近い」

人ごととは思えず寝てなんかいられなくなった。

「亡くなった人は病院の近くだったのか？」

やけに身内の人が来るのが早かった。自分は病院までの距離が遠い。駆けつけるのに一時間以上はかかるだろう。

「自分の死に目には誰も会えないな」

なんて考えているうちに静かになった。

しばらくして、隣の病室を覗いてみると空き室だった。言いようもない空しさを感じざるを得なかった。しかし、午後には新しい患者が入ってくる。そんな毎日だった。

家庭のような病室

そういえば、入院した日の病室は死臭があまりにも酷かった。匂いを和らげるために、看護師が消臭スプレーを二缶も使ったことを思い出した。

「前の患者さんはその日の朝に亡くなったのか」

そう思うと人生のはかなさ、空しさを改めて実感したのである。

「この病室では、これまで何人、いや数え切れないほどの患者が亡くなったのに違いない」

消灯後の病室は不気味だった。以前、母親が入院していた時、真夜中のトイレの前で、

「幽霊らしきお婆さんを見た」

そんなことを聞いたことがある。ただ、振り向いた時にはいなくなり、突然消える

らしい。

叔父は学校の宿直室で、真夜中に列車事故で亡くなった同僚が訪ねてきたとも言っていた。

「もしかして……！」

全身が震える感覚を覚えたが、そこから逃げ出すわけにはいかない。ただ、病室に漂う病院独特の匂いには慣れなかった。そんな気持ちや匂いを消すためだけとはいえないが、朝晩は〈牛乳石鹸〉を愛用した。

〈牛乳石鹸〉に特別な想いがあるわけではないが、値段も手頃で、学生時代に使用していたのは、香りが好きだったからである。

工業高校在学中は機械科だったが、化学科に行って石鹸作りを手伝った。〈牛乳石鹸〉は、学園祭で販売したこともある思い出の石鹸だ。

朝の洗顔から手洗い、夕食後も〈牛乳石鹸〉を使用した。すると、自分では気がつかなかった石鹸の香りは、病室を普通の家庭の匂いに変えたようである。

「ここは病室でないみたい。ホッとする」

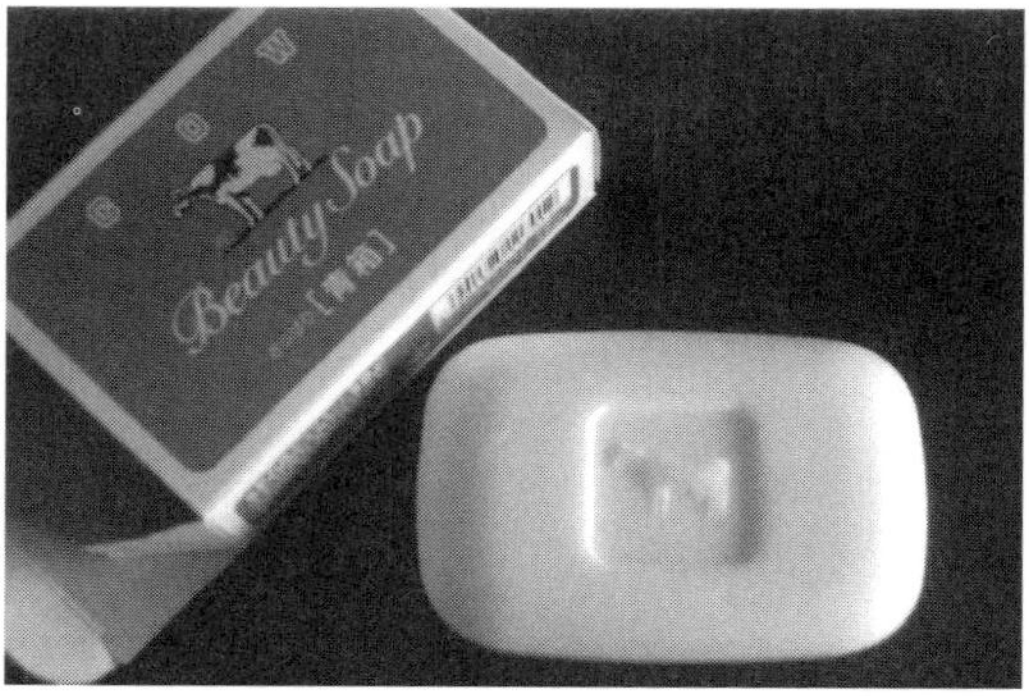

未だに愛用している牛乳石鹸。値段も手頃であるが、昔からコマーシャルで「牛乳石鹸良い石鹸」で知られ、手洗いや洗顔では皮脂成分に潤いが感じられる。肌に優しい石鹸で病室では家庭の香りに包まれた。

若い看護師も喜んでくれた。

それからは嬉しくなって、何度も手洗いをして〈牛乳石鹸〉を多用した。若くて美しい看護師が何度となく病室に来てくれるからだ。

事実、この病院の看護師は美しい人が多かった。自分の病状も忘れ、

「白衣の天使とはこのことか」

病院では身の回りの世話をしてくれる看護師は、心細い入院生活では救いの女神のように思えるのだ。そう考えると、

「入院生活も悪くない」

そんな邪念が病状の危機感を和らげてくれたのである。

おとなしい患者の理由

毎週のように両隣の病室の患者が亡くなる入院生活の中で、

「次は自分の番だ」

そう考えると不安になって、いつも耳栓をして寝ることが多かった。耳栓をしないと眠れないのだ。

病棟では夜中になると淋しいのか、

「看護師さん！　看護師さん！」

一晩中叫び続ける患者や、廊下で独り言をいい続ける患者、相部屋では喧嘩が始まって怒鳴り合う声。

「ステロイドを投与されたためなのだろうか」

確かにステロイドの副作用に、ノイローゼやうつ病などになりやすいことは書かれている。その影響なのか、夜の病棟はまるで動物園のように賑やかだった。

耳栓は、そんな世界を忘れさせてくれるオアシスのような価値があった。そんな毎日のある晴れた朝、

「いつも穏やかですね」

ベテランの看護師が不思議そうに尋ねた。

「何故落ち着いていられるのですか？」

微笑みながら話しかけられた。

「そのように見えますか？」

聞き返すと、看護師は微笑みながら、

「ステロイドは精神的高揚効果があります」

「投与すると普通の人は騒いだり、怒ったりして精神不安定になることが多いのですが」

なるほど、自分ではわからなかったが、常日頃の生活への不満が薬の副作用で爆発するらしい。昔から、

「酒を飲むと騒いだり、暴れたりする人ほど普段は無口でおとなしい」らしい。その一般論からすると、自分は無口でおとなしい性格ではなかったということなのか？

しばし無言……。

夜中に楽しむラジオ

入院して三カ月、梅雨入りした病室は暑苦しくて眠れない日が続いた。日中は冷房が入っているのだが、就寝時の夜八時以降は切られてしまう。病室としては当然のことだが、寝苦しい夜はこっそりとラジオを聴いた。

真夜中に始まるＦＭ放送の「ジェットストリーム」は、学生時代から欠かさず聴いていた番組だ。この番組の冒頭に流れる、

「はるか雲海の上を音もなく流れ去る気流は、たゆみない宇宙の営みを告げています……」

というジェット気流の解説にも似たナレーションは、航空機の音響と共に宇宙に心をはせる夢を代弁してくれているようで好きだった。

大学の講義でジェット気流の説明に熱が入るのは、第二次世界大戦で本土爆撃に向

かうB29のパイロットが最初に発見したことよりも、この深夜放送のナレーションを思い出すからに他ならなかった。

「ジェットストリーム」が終わった後は、NHKの「ラジオ深夜便」を聴いた。アナウンサーの優しく静かな語り口にどれほど心が癒され、救われた気持ちにさせてくれたか知れない。

「この時間帯は、どんな人が聴いているのだろうか?」

と考えてはみたものの、まるで自分自身に語りかけているような錯覚に陥るような番組内容で、眠れない夜はラジオの深夜放送が楽しみだった。

ロマンチックコンサートの後は午前三時台の、

「にっぽんの歌・こころの歌」

に心を奪われた。懐かしい昭和の歌謡曲が流れていることが多く、同世代の歌手の歌が心を和ませてくれた。もちろん、深夜の病室で起きていることは許されず、二時間ごとに巡回してくる看護師に見つからないようにしなければならない。

小さな携帯ラジオを布団に隠し、イヤホンを耳に当てて寝たふりをするのである。

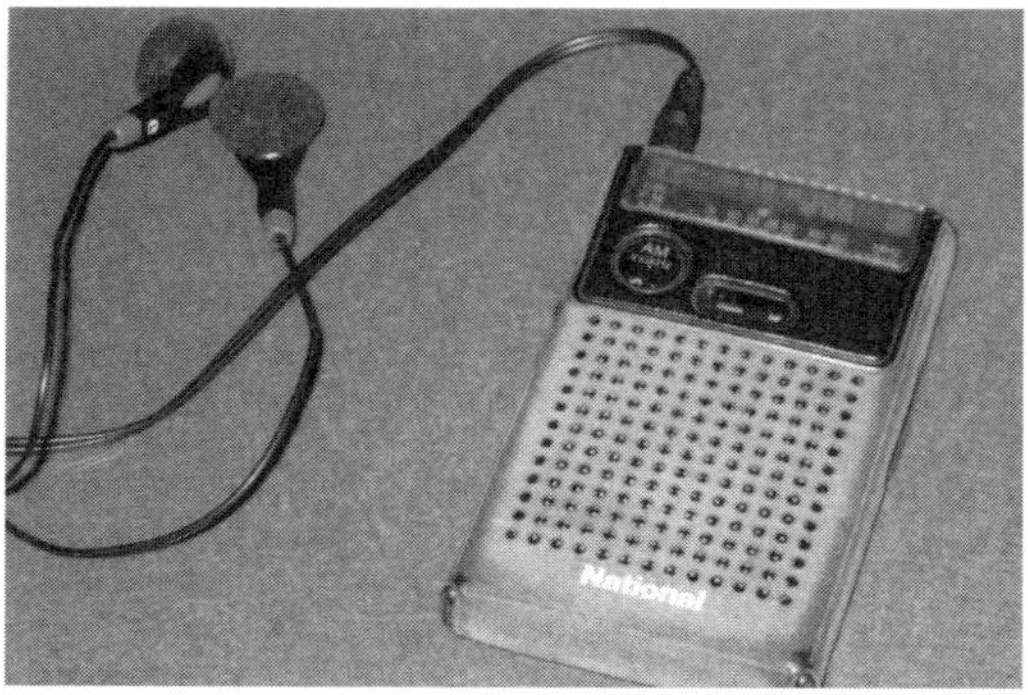

入院中、いつも枕元にあった携帯ラジオ。真夜中はそっとイヤホンで聴いていた。寝苦しい夜や思いつめて眠れない夜は、このラジオがどれだけ心を和ませてくれたか知れない。入院中は何故かテレビを観たいとは思わなかった。

奇しくもこの携帯ラジオは、以前、ＮＨＫの番組に出演した時の記念品としてもらったものだ。

病室では当時、携帯電話も固定電話も使うことは許されていなかった。家族や知人、職場への連絡は、病室の近くにある看護士詰所の横に設置された公衆電話だけである。したがって、自然と世間から遠ざけられた感は否めない。携帯ラジオは夜の病室の心を癒す貴重なパートナーだった。

蒸気機関車での通学

高校時代、通学列車は蒸気機関車だった。あの頃の石北本線は当麻から旭川まで各駅停車で約一時間、今なら車で三〇分もかからない距離だ。単線で走る時間よりも待ち合わせの時間の方が長く、のんびりとしたそんな時代だった。

列車の本数も少なく、朝一番の列車に乗り遅れたら最後、昼まで次の列車はない。乗り遅れまいとして必死になって線路を列車に向かって走ったものだ。線路を走ると列車が発車できないからだ。

ある朝、一緒に線路を走っていた友人の履いていた下駄が線路に挟まって取れなくなった。機関士が汽笛を鳴らして怒っている。必死になって外そうとしたが取れない。自分も手伝ったが無理だった。

結局、下駄は取れずに裸足で列車に飛び乗った。当時の高校生の履物は、夏は下駄、

高校時代、朝の一番列車に向かって走った線路。当時は鉄道線路が下駄の歯幅と同じであることを知らなかった。すり減った下駄は問題ないが、新しい下駄は線路に挟まって取れなくなることが多かった。

冬は長靴である。普通の靴は持っていなかった。

あの後、旭川駅から友人はどうやって学校に行ったのだろう。通っている高校が違ったのだ。翌日はすり減った下駄を履いていた。

病床にあって、「ラジオ深夜便」はそんな懐かしい青春時代を思い起こさせてくれたのである。

血中酸素濃度

間質性肺炎は完治する病気ではない。これは、ガンとは異なり病巣を取り除くことができないからだ。悪化した肺細胞組織をいかに抑え込み、その範囲を広げないかが課題である。

ステロイド治療も現状維持か病状の進展を遅らせるためのものであり、残った肺の活性化を促すものであるが、元の健康な肺に戻ることはない。したがって、いかにして残った肺を有効に使うかということになる。

残された肺は、どれだけ多くの酸素を血中に残せるかが課題になる。血液中の酸素濃度は、激しい運動をすると減少し、動かないでジッとしていると増す。

血液中の酸素濃度は、赤血球の中にあるヘモグロビンによって運ばれることは中学の保健体育の授業で習っていた。

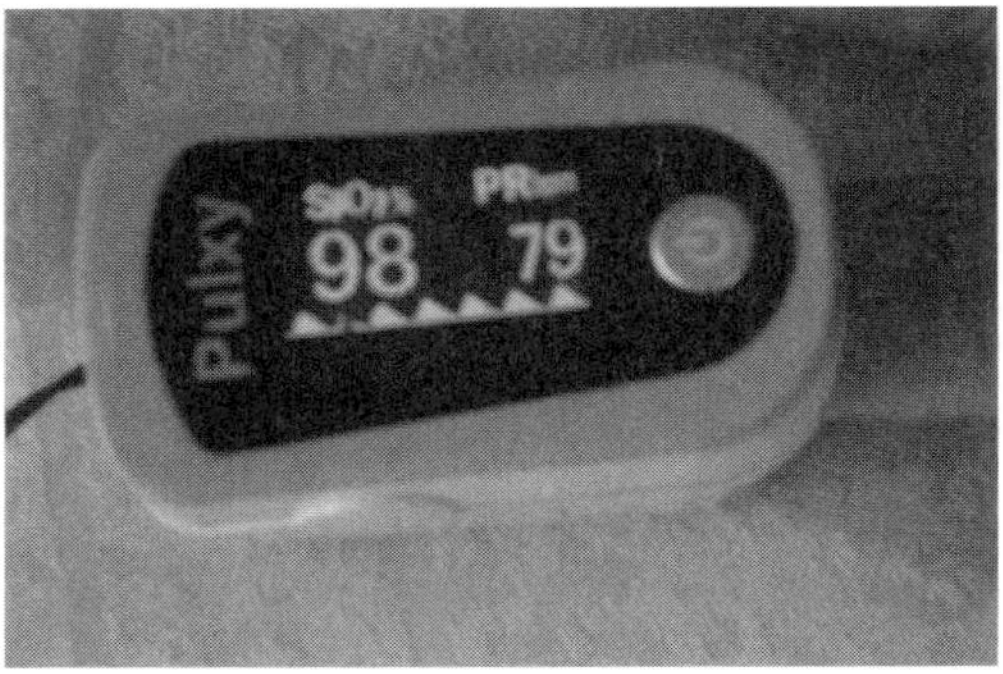

北海道に住む姉が買ってくれた、動脈血の酸素飽和度を計るパルスオキシメーター。今でも毎日測定しているが、ほぼ98％である。最近は97％になることも多くなった。やはり病状は悪化してきているのかも知れない。

血液中の酸素濃度、詳しくは血中酸素飽和度であるが、正常な人は九九～九六％の範囲内だ。だが、自分が入院した時の検査では九三％前後だった。正常値より三～五％減少していれば要注意とされていることから、厳しい状況であったことが窺い知れる。

入院前は、授業終了後に呼吸困難になってスポーツ用酸素スプレーを吸っていた。それでも自分の病状の深刻さが理解できなかったのだ。今にして思えば、知らないということは恐ろしいことである。

静脈流の酸素濃度は、毎日朝晩の二回指先で測定するが、ステロイドによる効果によって入院中は九六％にまで回復した。退院後のことも考え、測定器を購入することにしたが、思った以上に高額だった。

北海道の姉は、

「入院費用もかさむだろうから」

と心配して送金してくれた。苦学中にも送金し続けてくれた姉、弟とはいえ、

「この歳になっても心配してくれているのだ」

そのお金でパルスオキシメーター（血中酸素飽和度を測定する医療機器）を買うことができた。

愚かな弟

　小学校に入学したばかりの頃、近所の幼な馴染みの女の子が、新調したばかりのスカートをはいてクルクルと回って自慢しているのをうらやみ、小便をひっかけて、社宅の長屋の屋根に登って隠れたことがある。

　長男ではあったが、いつも親戚の従兄のお下がりで、新しい衣服など着たことがなかったからだ。日も暮れて辺りが薄暗くなると、両親や近所の人たちが心配して探し始めた。あの頃は、

「夜遅くなると人さらいが子供を連れていく」

という噂が流れていて、本当に心配していたようだ。長屋の周りを回りながら探しているのだが、それが屋根の上からはよく見えていて、屋根の反対側に移るだけで見つかることはなかったが、

残雪の階段の坂を鞄で滑り降りた当麻神社の階段。冬になると急斜面の坂道になり、中学の体育の時間には、スキーでこの坂を滑り下りる試験もあった。恐怖心で泣く生徒もいたが、上手い生徒はスキーのジャンプ台に利用していた。

「警察に届けよう」

との声に、

「これはまずい！」

慌てて泣きながら屋根から下りた。泣いたのは同情を買うためで、無事に見つかったことで悪さを許してもらえると思ったからである。

中学一年の春、週に一度の朝礼で、校長先生から全校生徒の前で悪さを名指しされたことがある。残雪の残る神社の坂で、鞄を尻に敷いて滑ったのを校長先生に見つかったのだ。

当時、在校生は一〇〇〇人を超えていた。三年生だった姉は、どんな思いで聞いていただろう……。

今にして思えば、どれだけ姉は恥ずかしい思いをしたことか。

案の定、鞄の中の真新しい教科書やノートは濡れてグシャグシャになり、乾かしてもページを捲《めく》れる状態ではなかった。ノートは使えなくなったが、当然両親は新しいノートなど買ってくれるわけもない。

そこで、当時は新聞の折り込みチラシの裏側は印刷されていなかったので、一年間はそれでしのいだのである。、子供の頃はそんな馬鹿な恥さらしの弟だった。

痛い動脈注射

入院中、酸素濃度の測定は二種類あって、週に一度は動脈からの血液を注射器で採血する。血液検査の場合には、皮膚から浮き出ている血管に注射針を差し入れて採血するだけで、あまり痛みを伴うものではない。

だが、動脈注射は想像していたより痛かった。その痛みに耐えることが治療と思って耐え抜いた。

現在、通院時の動脈注射は手首だが、入院していた時は股間だった。医師が病室に来て診察するのは、朝の外来患者の診察が終わる午後がほとんどである。

しかし、その日は夜になってからで、若い女性の医師が看護師を伴って病室に来た時だった。

「動脈注射ですから」

いきなり下着を下ろされた。

「アレッ！」

突然のことで驚いたが
「動脈注射はこうするのか」

そう思って我慢した。それからは、動脈注射の時には下着を下ろすものと思っていたので、自ら下ろして注射を待った。

「そこまでしなくても大丈夫です」

男性の医師は下着の脇から採血した。それからも動脈注射で医師が下着を下ろすことはなかった。それは未だに謎？である。

ラジオ体操と院内歩行

入院してからは、行動が制限されていた外科手術後の二週間を除き、ほぼ毎日、朝食前の時間帯に病室でのラジオ体操に励んだ。もちろんラジオ体操第一しかできないが、体操をしている時は懐かしさが込み上げてきた。

子供の頃、夏休みにはラジオ体操が義務付けられていた。朝早く校庭に集まるのだ。あれだけ学校に行くのは嫌だったが、ラジオ体操だけは楽しかった。授業がないからだった。

入院中は朝のラジオ体操が終わると、朝食までの時間は院内の廊下歩行に励んだ。入院生活で足腰が弱くなることを懸念したからだ。また、肺機能の活性化に繋がるのではないかと考えた。

「高齢者は、二週間の入院生活で歩けなくなる」

そう聞いたことがある。歩くことは人間としての基本だから、約一時間の院内歩行は欠かさなかった。

歩行中はイヤホンを耳に当て、苦手な英会話を聴いた。これは以前に読んだ本の中で、

「一日に一つ新しいことを憶えることが脳の活性化に繋がる」

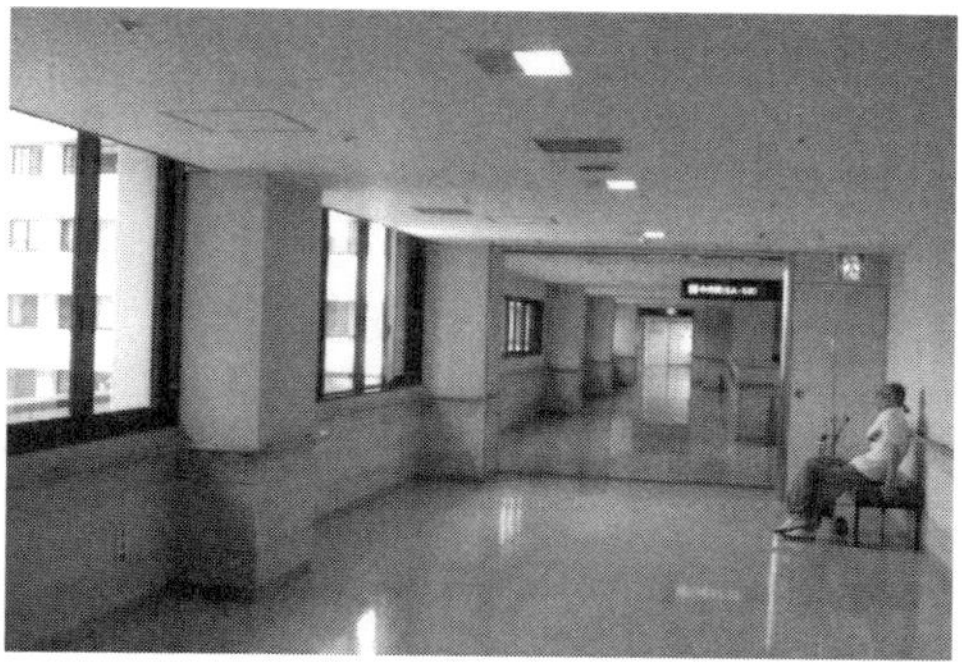

5階の病室からリハビリテーション部に続く公立陶生病院の長い廊下。この廊下は半年に一度のリハビリ検査で単位時間内での最大歩行距離を測定する廊下でもある。入院中には毎朝1時間歩いていた。

と書かれていたからだ。痴ほう症になるには少し早いかなとは思っていたが、

「病室で何カ月もボーッとしていたら……」

そう考えると不安になってのことだった。

その当時、毎朝このような行動をとる患者はいなかったので、

「よく毎日続くこと！」

ベテランの看護師がそう言って呆れていたほどである。

子供の頃の教え

小学生の頃は母親が商人の娘であったこともあり、そろばん塾に通うことを強要されていた。小学三年生の遊びたい盛りであったこともあり、塾に行くのは嫌だった。いつもサボって塾に行ったふりをしていたため、三級を取るのにも苦労した。

今にして思えば、貧しい家計をやりくりして塾に行かせてくれたのだ。親の愛情をまったく理解していなかった。三歳で自殺まで図った貧しさに対する意識を忘れていた自分が情けない。

そろばんの検定試験は旭川の商業高校だったので、日曜日の朝一番の列車に乗らなければならなかった。駅に向かって歩いていると、野良犬が吠えながら迫ってきた。必死になって逃げたが追いつかれ、今にも噛まれそうになった。その瞬間、犬に立ち向かおうと決意した。今にして思えば、何故それだけの勇気が湧いたのかはわから

ないが、

「窮鼠猫を噛む」

の心境だったのだろう。

突然振り返り、犬に向かって飛びかかった。犬と目が合った。すると犬が慌てて後ずさりして逃げ出したのである。優位に立った自分は子石を犬に投げつけてやった。

「キャン、キャン」

と悲鳴にも似た泣き声を発して逃げて行った。

「ザマーみろ。よし、これだ」

苦難には、逃げずに立ち向かう姿勢が大切なことを学んだ瞬間だった。難病に立ち向かう気力はここから得られたのかも知れない。

悪いことはできない

しかし、苦い経験もある。牛乳が手に入らない時代だったこともあり、近所では山羊《ヤギ》を飼っている家も多かった。いわゆる山羊の乳を牛乳代わりに飲むのである。

山羊は堤防に鎖で繋がれていたため、行動範囲も決まっている。それをいいことに、山羊を相手に友達と相撲をして遊んでいた。角を両手で捕まえて転がすのが面白かった。

山羊は怒って頭突きをしてくるのだが、負けそうになると鎖の外側に逃げ出すのだ。それを何度か繰り返していると、夕方になって飼い主のお婆さんが連れ戻しにきた。興奮した山羊は、突然お婆さんの腰めがけて頭突きをした。

「ドスン！」

その衝撃でお婆さんは川まで転がり落ちた、というより吹っ飛んでしまったのである。

「ヤバイ！」

慌てていたこともあり、お婆さんを助けることも忘れ、走って畜舎のお爺さんに伝えた。

「お婆さんを山羊が川に突き落とした」

お爺さんは棒で何度も山羊を叩いた。その時、山羊は鮫にも似た目つきで自分を睨んでいたように見えた。後で知ったことだが、山羊は種付け用の雄山羊だった。

そんなことも忘れ、翌日の朝、学校に向かって歩いていると、突然畜舎から大きな音がした。振り向くと昨日の山羊が凄い勢いで向かってくる。

「ウワーッ！　昨日の仕返しなのか？」

ともかく走って逃げた。山羊は角を突き立てて追いかけてくる。追い付かれそうになった時、

「山羊も猪のように猪突猛進型かも知れない」

そう思って突然走るのを止め、通り過ぎるのを待った。

甘かった。山羊も目の前でピタリと止まった。慌ててまた走ったが、もう逃げられない。やむなく民家に立て掛けてあるハゼ木（稲を干すカラマツ）の陰に隠れたが、山羊は見逃さなかった。

思い切り角を立てて突いてくる。その度に、

「ドスン、ドスン！」

と鈍い音と衝撃が伝わってくる。怒りに満ちた目で襲ってくる山羊に対し、昨日の悪さを考えると目を合わせることができなかった。後ろめたさがあったからだ。

「悪さをすれば必ずその報いを受けるのだ」

つくづく思い知らされた。

「こん畜生！」

とはよく言ったものだ。

週に一度の帰宅

外科手術を終え、ステロイドが注入されるようになってから二カ月、週末に外泊が許可されるようになった。

土曜日に自宅に帰り、日曜日の夕方には病院に戻らなければならない。帰宅する車の中では、病室からの解放感で妻が話す近所の話題が新鮮に思われた。

「朝早く自宅前の道路に大きな犬の糞が落ちていて迷惑した」

「隣の庭にネズミの死骸があった」

など、普段の生活では、ほとんど気にも留めずに聞き流していたことである。帰る度にこの何気ない言葉に幸せを感じた。何の変哲もない生活こそが幸せの原点であることを今更ながら知り、複雑な思いに駆られた。

元気な時は毎日仕事に追われ、家族との食事も週に一度あるかないかで、もう少し家族への感謝の気持ちが必要だと反省させられた。

毎日の病院食はお世辞にも美味しいとは言えないものだった。そんなこともあり、帰りがてらの食事は、大好きなハンバーグが売りもののレストランに向かうことが多かった。その度に美味しさに感動したものである。

外泊が許可された日は必ずと言って良いほど立ち寄った三好のハンバーグ店。愛知県に来てからの付き合いで、ランチや夕食時は並ばないと店には入れないほどの人気店である。今は二代目の御子息と美しい奥様が切り盛りしているが、美味しい味は変わらない。

帰りには、マスターと奥さんが自分の病状を知り、店オリジナルのサラダドレッシングを持たせてくれたこともあった。病院では生野菜が食事に出ることはないので、帰宅した日は生野菜を食べたのだが、そのドレッシングはどの野菜でも美味しく感じられた。

「心から感謝！」である。

帰宅した夜

帰宅した夜は自室で音楽を聴くことが多かった。余命を宣告されてからは、大好きな演歌は聴かないようになった。

好きな歌のほとんどは、飛行機事故で亡くなったジョン・デンバー。〝故郷に帰りたい〟という歌詞の「カントリー・ロード」や、何故か聴きたくなる「アメージング・グレース」である。

この歌の歌詞はよく理解できなかったが、恐らく故郷に対する思いや悲しみが込められていたのに違いない。この曲は不思議と傷ついた心を癒す何かがあると感じられた。

自分も故郷を離れて三十年、武田鉄矢の「思えば遠くに来たもんだ」の歌詞に通じるものがあって、昔、小学校帰りの踏切で友達と線路に耳を当て、旅立ちを夢見ていた頃が懐かしい。

そんな夜もあっという間に過ぎ、日曜日の夕方には病院に戻らなければならない。庭に出ると、庭先のこれまで気にも留めていなかった花が妙に愛おしく感じられた。

「二度と帰れないかも知れない」

そんな思いに駆られ、我が家を何度も振り返ったものである。病院へ向かう車の中は無言で過ぎゆく景色を見送るだけだった。

玄関先の鉢植えのバラの花。いつもは気にも留めていなかったが、外泊の翌日、病院に戻る時は淋しそうに見送ってくれている気がした。妻がいつも大切にしている鉢植えだ。妻の気持ちを代弁しているようだった。

毎日の付き添い

午前中の検診が終わる頃、妻が車で一時間以上かけて自宅から病室まで来てくれた。しかも毎日である。下着に寝間着、バスタオルなどを洗濯して運んできてくれるのである。

妻はいつものように病室の窓際で折りたたみ椅子に座り、静かに単行本を読んでいた。その横顔は知的に見えたが、少しやつれているようにも思えた。申し訳ない気持ちでいっぱいになった。

妻は学生時代から本を集めるのが趣味だったので、何を読んでいるのかはわからなかったが、院内の夕食が終わる頃になると自宅へ帰っていく。

「一日に一度でも用は足りる」

そう言っても毎日やって来る。もし逆の立場なら無理だと確信できる自分が薄情に思えた。

帰り際は駐車券に印鑑を押してもらうためでもあったが、せめてもの感謝の意を込めて病院の出口まで見送った。足早に帰る後ろ姿が寂しそうに見えた。

「一人きりの我が家に帰る気持ちはどんなだろう」などと考えていると、病気の自分が情けなく思えた。

その頃からか、外泊で帰宅する度に自宅がやけに狭く感じるようになった。室内はもとより、廊下にまで物が溢れている。人形や置物も増えた。物に溢れた室内は落ち着かない。

「整理してほしい」

頼んだが聞き入れてもらえない。今にして思えば、一人暮らしの寂しさを紛らわすためだったのかも知れない。しかし、退院後もその状況は変わっていない。

公立陶生病院の駐車場に続く出口。現在は閉鎖されている。当時は救急搬送患者用の建物もなく駐車場だった。パジャマ姿のため、見送りはいつも自動ドアの前までだったが、寂しそうに帰る妻の後ろ姿が今でも忘れられない。

大学院生の助け

妻が帰宅した後は研究室の大学院生が来てくれるのが日課だった。彼女は自宅への帰り道だからとはいうものの、かなりの遠回りをして来ているようだった。

大学での授業が終わった後、毎日研究室や職場の情報を運んできてくれた。大学院生として研究室の後輩の面倒や担当授業への伝言、学内、および学外会議の連絡を含め、病室にいても仕事に支障が出ないよう手助けしてくれていたのである。

自分の代わりに授業を担当してくれたこともある。当時はＮＨＫの朝のラジオ番組にレギュラー出演していて、週に一度、電話で気象の身近な話題を提供していた。原稿は自分が病室で書いたものだが、彼女は研究室の大学院生として代理出演を何度かしてくれた。病室でハラハラしながら聴いていたものである。

したがって、昼は妻、夜は就寝時間まで大学院生が付き添ってくれたため、病室で一人きりということはほとんどなかった。そのことに感謝はしていたが、なんと、後に彼女が息子の嫁になるとは思いもよらなかった。

病気とはいえ、精神的に恵まれた環境が幸いし、週に一度のリハビリによる体力測定や肺機能検査に成果が現れるようになった。

「少しは生き延びることができるのではないか?」

そう確信が持てたのはこの頃である。しかし、同時にまた悪い病気が頭をもたげてきた。仕事に対しての執着である。

仕事に対する執着心

「喉元過ぎれば熱さを忘れる」

とはこのことで、間質性肺炎になったのは、夜も寝ないで仕事に明け暮れたからに他ならない。

そんなことも忘れて病室が研究室のようになり、診察や検査のない午後はパソコンを持ち出し、調査・研究資料の解析をやるようになっていた。

入院した年は猛暑続きで、愛知万博会場では熱中症患者が続出していた。その原因についての研究は以前から続けてはいたが、居ても立ってもいられなくなった。

病室からその実態観測調査を研究室の学生に指示し、自分も参加したいと医師に伝えたが、それは叶わなかった。調査が自分の指揮の下で実施できなかったのが残念でならなかった。

しかし、大学院生を含む学生たちは指示に従い、二十数人体制で名古屋市内とその周辺地域の気温観測をしてくれた。ありがたかった。この調査に対しての報道陣の期待も高く、テレビ局も駆けつけてくれたが、当の本人がいないために放映は成らなかった。

そんなこともあり、個室とはいえ、壁には解析した気温分布図を貼り付け、病室とは思えない雰囲気になっていた。それにも拘わらず、医師や看護師からの苦言はなかった。死を覚悟した人間として見逃してくれたのかも知れない。

結局、学生の調査結果で、名古屋市中心部よりも万博会場のある長久手周辺が高温だったことを突き止めた。

その原因は、南高北低型の夏型気圧配置で吹く南西風がフェーン現象を招き、名古屋市内の熱風を長久手の愛知万博会場に運んで来ているからだった。

この記事が新聞各紙の一面に報道された時は退院していたが、自分はフィンランドのヘルシンキでその報道を知った。

その後、リハビリの担当医（理学療法士）が、「入院していた時なのに」と驚いたのを思い出す。これは、主治医はもとより、リハビリ担当技師による肺機能の鍛錬の成果である。

環境万博
喜べぬ熱気
迫るヒートアイランド
名古屋東部郊外でも確認
愛教大教授ら調査
大和田道雄教授
7月22日午後1時30分の名古屋市一帯の気温分布
1978年7月7日午後1時30分の気温分布

愛知万博の年の観測結果は、朝日新聞の朝刊と中日新聞の夕刊の１面に掲載された。これは中日新聞に掲載された記事である（2005 年９月 14 日付）。

病室から通った集中講義

入院が決まった時は、自分の病状を深刻に受け止めていなかったこともあり、頼まれていた他大学の担当授業を集中講義に切り替えていた。その時点で講義日程も決まっていて、期間は四日間で担当授業数は十六コマ（九十分授業が一コマ）だった。

もちろん、病室から通う講義になる。恐らく許可は出ないだろうと覚悟していた。しかし、駄目で元々と担当医に可能かどうかを聞いてみた。その申し出に二人の医師は当然のごとく反対した。

「それは無理でしょう。入院しているのだから……」

と言われたが、何故か主治医は許可してくれた。

「学者魂を理解してくれたのか」

「あるいはそう永くはない人生を好き勝手にされてくれたのか？」

フィンランドの首都、ヘルシンキのバンタ空港。中部国際空港（セントレア）からのフィンランド航空直行便もあり、ヨーロッパ各地へのハブ空港としての役目も果たしている。

それは知る由もなかったが、正直その時はありがたいと思った。

ただ以前から、主治医が呼吸器系の世界的な学者であることは知っていた。これは後でわかったことだが、退院して数年後にフィンランド調査に出かけた時、主治医のグループをヘルシンキのバンタ空港で見かけたことがある。

「国際学会で呼吸器系の研究成果を発表するための渡航です」

と同行していたリハビリ担当の理学療法士が帰国してから教えてくれた。

しかし、四日間の集中講義の三日目に心配していたことが現実となる。その日の最後の授業中、板書している指先が麻痺してチョークが持てなくなった。

それから間もなくして手足が震えて声も出せなくなった。身体は冷や汗が噴きだし、意識が朦朧としてきたのである。

ステロイド治療の副作用として、食後には極端に血糖値が上がることが多い。このため、血糖値が二〇〇を上回ると機械的にインシュリンを注射されるのである。インシュリンは血糖値を下げる薬剤である。しかし、反対に糖分が不足すると危険で突然意識を失うこともあるという。

ステロイドの副作用で言い忘れたことがある。声が出なくなるのだ。付き添いで来ていた研究室の二人の女子大学院生が異変に気づき、授業を途中で中断して飴やジュースで糖分を補給してくれた。

それから数分後に意識は回復したが、病院に戻ってそのことを医師に報告すると、血糖値低下の症状を説明した後、自分が7段階の〝6〟であったことを知らされた。

青ざめた顔で、

「危険な状態だった」

と告げられ、検診を受けることになった。

自分は、この場に及んでも病状に対する認識が甘かったのだ。これまで治療してくれた恩儀も忘れ、バカ者であることを再認識させられたのである。

フィンランドのヘルシンキ（上）は、北緯約 60 度に位置し、現在は人口約 50 万人の首都であるが、スウェーデンの支配下まではトゥルク（下）が首都だった。現在、ヘルシンキの交通機関はトラムであるが、トゥルクはバス路線が主流である。

リハビリ

リハビリテーション部は高齢な重症患者が多い。当然、外科病棟や内科、様々な病人が体力を持続・活性化するための場所で、理学療法士の指導を受けながら汗を流している。

呼吸器疾患の患者は、下肢筋力、六分間の最大歩行距離、および一定の負荷をかけたエアロバイクによる持久力のトレーニングと、運動時における動脈血の酸素飽和度測定である。入院当初は過激な運動をすると不整脈になり、その都度中断、さらに呼吸困難になることも多かった。

入院当時は、間質性肺炎の患者の治療に何故リハビリが必要なのかが理解できなかったが、リハビリは身体機能の維持・改善の低下を抑制し、活性化のための筋力トレーニングのようである。

「身体機能を高めることが肺機能の活性化に効果がある」

これは主治医の持論のようだった。したがって、苦しいから、辛いからといって動かないでいると全身の身体機能・能力は低下してしまうのである。

それに向けてのトレーニングを毎日病室で実行した。腕立て伏せにスクワット、できるだけ身体に負荷がかかるよう心掛けた。この頑張りは長生きしたかったからではない。ただ、酸素ボンベを持ち歩く生活だけはしたくなかったのである。

その甲斐あってか、病状が徐々に安定してきた。もちろんステロイドの治療が終わったわけではない。しかし、入院時に比べれば確実に病状は回復しているようだった。

そこで、やり残していた海外調査を思い出し、大胆にも退院したらフィンランドに行くことは可能かどうかを聞いてみた。当然のことながら二人の医師は反対したが、主治医だけは、

「やりたいことがあればやっても良い！」

ありがたい返事だった。これもまた、

森と湖の国、フィンランド。北欧のスカンジナビア半島の東部、ボスニア湾を挟んでスウェーデンの対岸がフィンランドである。地理的に見ると国の形がムーミンにみえてくるから不思議である。特に、南東部は氷河によって削られた湖が多い。湖には観光用も含め、エアータクシー（水上飛行機）が待機していることが多い。

「余命を察知した上での配慮かも知れない」

などと複雑な思いだったが、聞き入れてくれたことに感謝した。これで二度目である。しかし、それは主治医の見識の深さに基づいたものだったことを、後になって知った。

退院直後のフィンランド調査

当然、海外での体調悪化は命取りである。それにも拘わらず許可してくれたのは、海外調査のフィールドがフィンランドだったからである。フィンランドは北緯六〇度から七〇度の緯度帯にある森と湖の国であり、湖の数が多い。

フィンランドは、以前、文部科学省（当時は文部省）の在外研究員としてだけでなく、何度も調査に訪れたことがある。

北緯約六〇度の首都ヘルシンキからアークティックライン（北緯六六度三三分）を越えて北極圏に入り、北緯七〇度に近いイナリ湖に浮かぶ観光用水上セスナ機を見た時、ようやく主治医の意図が理解できた。

フィンランドの数多くある湖には、エアータクシー（水上飛行機）が配備されている。短時間での長距離移動が可能なのである。観光用だけでなく緊急患者の搬送にも利用されているようだ。したがって、体調の急変時には緊急搬送が可能な国として許可してくれたのだ。

主治医は、出発時にヘルシンキの病院に向けて英文の診断書を持たせてくれた。それだけではない。ラップランドは高緯度に位置するために空気が澄んでいる。肺病患者には最も適した環境であることを知っての配慮であった。

フィンランド北部・サーリセルカにあるカウニスパからイイサキッパにかけての斜面では、トナカイや雷鳥をみかけることが多い。トナカイはほとんどが放牧されているもの（耳に印）であるが、野生のトナカイを見かけることもある。

調査は亜寒帯地域の風と冷気流の観測だ。サーリセルカのカウニスパとイイサキッパ（パはフィンランド語の山という意味）の低い谷間に流れ込む冷気の周期をデータロガー（自動温度測定機器）で取り込むのだ。

機器の設置期間中は、度々現れるトナカイ対策もあったが、斜面の登り下りには苦

フィンランド北部のキイロッパの山頂。山頂はほぼ平坦にみえるが、氷河によって削られたなだらかな斜面上にはモレーンがあちこちに残っている。高度は700 mをわずかに上回る程度であるが、退院後に登った記念すべき瞬間だった。

労した。学生たちが軽々と斜面を登っていく姿を見て、自分の体調が万全でないことを再認識した。

ラップランドには我が国のような高い山はない。フィンランドの北部にも山があるが、五〇〇～六〇〇メートル程度である。これは氷河によって削られたためで、夏にはトレッキングやマウンテンバイク、冬場にはスキーなどのスポーツが盛んだ。苦しかったが

「肺に負荷をかけた方が良い」

との主治医の話を思い出し、サーリセルカで一番高いキイロッパに登ってみた。途中、休み休みではあったが登り切った。これが今日の生きる自信に繋がっている。

病状の安定

退院後、間質性肺炎の患者が再入院してくる確率が高いのに驚いた。ある高齢の男性は退院後、庭や畑の草刈りをしたという。また、ある年配の女性は、退院はしたものの酸素ボンベが手放せない状況で、行動範囲が限られるために室内でペット（犬）を飼っていたという。それぞれ原因は異なるのであるが、肺機能が低下したことは事実である。

自分は退院後、肺機能検査でも徐々に機能が回復してきた。もちろん硬くなった三分の一の肺は戻らないが、残りの蜂の巣状の細胞がレントゲン写真では少し薄れてきたように感じられた。これも空気の澄んだ北欧のラップランドに出かけていたことが功を奏したのかと思った。

確かに都会の人混みや雑踏、密閉された狭い空間では息苦しさを感じるが、故郷の

旭川近郊の当麻町は木材と農業の空気の澄んだ町である。自然豊かで晴れた日には北海道の屋根と言われる大雪山を眺望することができる。

北海道や緑の多い山間部では呼吸が楽になった気がする。そんな話をすると、母親が「仕事を辞めて北海道に帰ってきたら」。

　できるならそうしたい気持ちは山々だが、大学院に通う息子への仕送りがある。家のローンも残っていると思うと退職はできない。確かに北海道に帰省する度に体調は良くなっていった。

　そんな矢先、間質性肺炎の病状を案じてくれていた末の妹が亡くなった。ガンだった。葬儀で泣き崩れる二人の姪と、落胆で憔悴しきった母親を見ていると涙が止まらなかった。父親が他界してから三年目のことである。

「これ以上、母親に辛い思いはさせられない」

心に誓ったが、そのあたりから体調が急に悪化し始めたのは皮肉である。

病状の悪化

間質性肺炎の悪化の理由に精神的な面が含まれる。ほとんどは病状を告げられた段階で精神不安定になり、さらに悪化の道を辿ることが多い。入院中は看護師さんから

「情緒が安定している」

と褒《ほ》められたが、これはこの病気にとって最大の妙薬だったのかも知れない。それは仕事のストレスがなかったからだった。しかし、退院後に職場に戻ると厳しい現実が待っている。多くの会議に講義、さらに卒業研究の指導である。特に、大学での講義は精神的、および肉体的にも負担だった。

自分の学生時代、大学の授業は教官が一方的に話し、学生は必死にノートを取ったものだった。したがって、授業に出なければ単位は取れない仕組みになっていた。

これは一部の大学かも知れないが、最近は板書をノートに書き写すだけのことが多

い。ましてやプリント の配布、ＯＨＰ、ＰＣプロジェクター（映像）による授業では、ほとんどの学生が自らメモする気配もない。さらに欠席も多くなる。授業に出なくても簡単に単位が取れると思っているのだ。

そこで授業の進行に合わせて板書をすることにした。発病前は何の苦もないことだったが、退院後は入院前より病状が悪化した。チョークの粉を吸いこんだのである。日に日に病状は悪化し、咳と痰が出始めた。入院前と同じ症状である。それでも板書をし続けた。発病して早や五年、

「定年を迎えるまでに死ぬかも知れない」

そう思えるほどだった。その頃、

「高齢の母親も入院していたから」

との気持ちもあったのかも知れない。また、家のローンも返し終えていたので、自分が逝った後に妻が返済に追われることはないとの安心感もあった。

生命保険にも入っていて、死んだら退職金に相当する額がもらえるはずだった。しかし、入院前の生命保険の保証金額が、何故か入院中に五分の一に減額されるように

変えられていたのには驚いた。

「入院していたから、わからなかったのか?」

妻に訊ねたが、知らなかった。その原因はわからないが、あれから保険は一切信用していない。

息子の結婚式

退職間近の年末、インフルエンザの注射はしていたものの、風邪をこじらせて体調が悪化し、肺機能検査でも厳しい結果が出始めた。レントゲンやＣＴ検査でも残された肺が真っ白になり、主治医からは再入院を勧められた。退院してから五年目のことだった。

「いよいよその時が来た」

覚悟はしたが、無理を承知で通院による治療をお願いした。それは自分のわがままではなく、息子の結婚式が間近に迫っていたからだ。

病状が悪化してからは、退院後に毎日欠かさず服用していたステロイドの量が増え、副作用で顔が真っ赤になり腫れていた。

しかし、これまで必死に生きていた証しとして、一人息子の結婚式には出たかった。

出なければならなかったのである。それは、息子は当然だが、花嫁は自分の教え子であり、転院を促してくれただけでなく、入院中に付き添ってくれた命の恩人でもあるからだ。

息子の恩師の要望でもあり、式場は東京の学士会館だったが、どうしても新郎の父として結婚式で報告したいことがあった。それは、皮肉にも二人の知りあうキッカケが、花嫁が転院を勧めてくれた病院の病室であり、病気が引き合わせたというだけでなく、命の恩人であることを参列者に伝えたかったからである。

結婚式の当日、小学校の教員になった花嫁と息子の結婚式を見届け、これまで生き延びることができたことに心から感謝した。さらに、これから生まれてくる孫は、自分の生まれ変わりと思いたかった。そうすることで安心して逝くことができるような気がしたのである。

運悪く、結婚式の当日から冬型気圧配置が強まり、翌日は例年にない大雪となった。いわゆる節分寒波である。高速道路や空の便、都内の幹線道路も積雪による麻痺状態に陥ったのである。

参列者、特に北海道から来てくれた姉妹夫婦や甥には大変な迷惑をかけた。母親は高齢のために出席できなかったが、来ていたら大変なことになっていたかも知れないと思うと、大事を取ったことへの姉妹の判断に感謝した。

結婚式があった二月初旬は、年間で最も大陸からの寒波が南下する季節であることは知ってはいたが、特にこの年は寒気が強かった。

寒さは肺に負担を強いるようだ。結婚式終了後は呼吸困難に陥り、ホテルで休むのが精一杯だった。参列してくれた多くの方々には申し訳ない二次会になってしまった。

心も身体も退職

退職の三年前から気には留めていた。職場の研究室の整理と後片づけである。入院時に世話になった大学院生もいない。協力的な学生はいたが、書類の分別は任せられない。

そこで、退職時の半年くらい前から三十七年間蓄積した書籍や書類、調査解析資料の分別を進めてきた。その無理が祟ってか、退職二カ月前には箱ティッシュが手放せなくなっていた。「痰」が治まらないのである。

体調の悪化は自覚していたが、

「後片付けを妻や子供に負わせたくない」

との信念で頑張った。これは、数年前に同じ学系の教授が亡くなり、家族が研究室の後片付けをしている姿を見ているからだ。

「退職とはこういうものか」

その時は他人事のように見ていたが、いざ自分の番になると惨めなものだった。研究室や実験室の後片付けの作業は、その日の授業終了後から夜中までの約五時間、土日も含めて二カ月間続けた。作業が終わったのは退職日の夕方五時である。まさに死を覚悟しての作業だった。

三十七年間の書類や書籍の仕分け作業は、一人ではとてもできる量ではなかったが、研究生として残っていた女子学生に助けられた。毎日その作業を手伝ってくれたのである。他の定年退職教官が一人で後片付けをしているのに比べ、本当にありがたかった。

今にして思えば、この研究生の手伝いがなければ到底できる作業量ではなかった。その時の感謝の気持ちは一生忘れることはないだろう。

毎日の体調の変化は、階段を上がる時の息苦しさを目安にしていた。入院時は三階までが限界で、五階までは上がれなかった。職場の研究室は五階だったので、節電のためとはいえ、夕方五時以降に止まるエレベーターは自分にとって厳しいものだった。

退職時は心も身体もボロボロだったため、

「早くここを抜け出したい」

それだけだった。それから先のことなど考える余裕すらなかった。

体調の回復

退職後は何もする気にもなれず、自宅で休養していたが、中日新聞の論説委員からの依頼で、「そらを見上げて」（連載のタイトル）の原稿を書いている時には心が和んだ。その季節の気象トピックスを自分なりに書かせてくれたからだ。五〇回に亘《わた》る自分の専門的な考えを公表させてくれた新聞社に感謝したい。

また、数年間続いた読売新聞の「防災・減災」の連載もそうだった。その精神的な安定が功を奏したのか、大学の教壇に立つのを止めてから体調に変化が見えてきた。階段を五階まで上がれるようになってきたのである。嬉しかった。そこで、調子に乗って一気に五階まで駆け上がってみると、死ぬほど苦しくなって挫折した。このことをリハビリテーション部の室長に伝えると、

「その歳では、誰でも息切れはあたり前」

と笑われ、少し安心したのである。それでも入院前に比較して呼吸が楽になってきたのは事実である。

中日新聞　2009年（平

そらを見上げて

大和田先生のお天気講座

北極圏では白夜の季節を迎えようとしています。中緯度に位置するわが国でもこの季節は年間を通して最も日が長く、名古屋（北緯三五・一度）でも日照時間が十四時間を上回ります。いつもは、梅雨入りすると雨や曇りの天気が多くなって日の長さを実感できませんが、今年はこれまでのところ梅雨を感じさせない天候が続いています。

梅雨の季節は、蛍が飛び交い紫陽花の花が心を和ませてくれます。アジサイの

梅雨とアジサイ

花言葉は「移り気」や「浮気」ですが、これは花の色が変化するから。花の色は青や赤、ピンク、白とさまざまですが、わが国のような酸性土壌は主に青、アルカリ性土壌では赤になりやすいとされています。

天候と似合う色の変化

梅雨は東アジア特有の現象で、夏の渇水期に向けての貴重な水資源です。わが国の平均的な年間降水量（約千八百ミリ）の約三割以上を占めています。梅雨のない北海道が水不足にならないのは、冬の間に積もった雪の融水が夏の間中流れているからで、融雪水が得られない地域にとって梅雨は工業用水や農業用水のみならず、生活用水への影響が計り知れません。

梅雨前線は、北半球の亜熱帯気団と北側の亜寒帯気団との間にできる前線帯で、北太平洋高気圧の張り出し方によって緯度が変わります。夏に向かって強まる高気圧の強さに左右されますので安定しているわけではありません。

日本列島上に前線が停滞した場合には雨が降り続き、南下すれば高緯度側の乾いた大気でやや秋のようなさわやかな風に包まれますが、北上すると暑く湿った夏の亜熱帯気団に支配されます。したがって、梅雨の期間は、移り変わりの激しい天気が続きます。不安定な梅雨空にアジサイが似合うのは単なる偶然でしょうか。

（愛知教育大特別教授・大和田道雄）

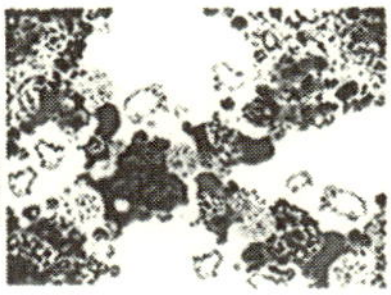

イラスト・内藤[illegible]

大学を定年退職後も続いた中日新聞の「そらを見上げて」の連載の一部である。季節折々の気象の話題を書かせてくれた。この記事は第37回目（2009年6月22日付）の「紫陽花（アジサイ）が咲く梅雨空………」である。

肺ガンの疑い

退職して間もない頃、突然、主治医から電話があった。それも直接携帯電話に……である。

電話番号は妻に聞いたのか？

その時、嫌な予感がした。フッと身体中の血の気が引いたような錯覚に襲われた。

主治医からは、

「肺のレントゲン写真にガンの疑いがある」

図星だった。以前から、ステロイド治療やレントゲン撮影、ＣＴ検査で受ける被曝でガンになりやすいことは知らされていた。

ガンが見つかったのは、以前に撮った写真を担当医師以外も含めた複数の医師による分析で発見されたものだった。

「すぐ病院に来るように……」

そう言われたが外出中だったため、翌日まで待ってもらうことにした。これは〝ガンの宣告〟を聞きに行くようなもので、心の準備をしておきたかったからだった。

翌朝、病院には自分が帰りの運転に不安を感じたため、妻の車で向かったが、助手席の妻が、

「誤診かも知れないし」

などと励ましてはくれたものの、全く耳に入らなかった。ただ、自分では、

「当初、余命二カ月、最長三年を過ぎたのだから」

と心に言い聞かせて診察に臨んだ。

間質性肺炎の炎症を抑えるステロイドは、使用する前の契約書にガンになりやすいことも書かれていたため、観念せざるを得ない状況ではあった。したがって疑われた時は覚悟した。線維化で硬くなった肺の残りにガンが見つかっても取り除くのは不可能だ。

不思議なこと

そんな思いで呼吸器系の窓口で名前を告げると、すぐに診察室に案内された。こんなことは退院してから初めてのことである。予約時間はいつも一時間以上待つのが常だった。事の重大さを認識せざるを得なかった。

一カ月前に撮影したレントゲン写真を前に、主治医が、

「左肺に二カ所の丸い影がハッキリと確認でき、これはガンだ」

と告げた。主治医に宣告されたのはこれが二回目である。

「わかりました」

覚悟はしていたので返事をして立ち上がろうとすると、再度ＣＴによる検査をするように言われた。これは、三次元的なガンの大きさや場所の特定をする必要があったのであろう。

ＣＴ検査の結果を見て、主治医がレントゲン技師を呼びつけた。

「どこを撮っている？」

肝心な場所が写っていないというのである。再度ＣＴ検査を実施したがやはり写っていない。これには主治医も自分も驚いた。

「ガンの影が消えているではないか」

何故このようなことが起こったのか。数人の医師が集まり、何か話し合っている気配。とにもかくにもガンの影が消えたのだ。たとえどんな理由があるにせよ、無罪放免である。

「誰が助けてくれたのか、神様がいたとすればありがたい」

これはいまだに謎であるが、まさにアメージング・グレースである。

帰りは晴々した爽快な気持になり、帰り道はそのまま妻とドライブを楽しんだ。赤や黄色の三河山間部の紅葉がこれほど美しく感じたことはなかった。

しかし、その時はそれもつかの間の幸せに過ぎなかったことなど、予想もしていなかった。

つかの間の喜び

「ガンではなかった」

その報告を兼ねて北海道の実家に出かけたのは、それから間もなくしてからである。旭川空港には姉夫婦が出迎えてくれた。妹がガンで亡くなった後でもあり、姉は相当心配していたらしい。

「本当に良かった」

姉の言葉に奇跡的にガンではなかったことに感謝した。その日の夜は母や姉妹夫婦と北海道の食材を活かした料理を堪能したのである。

数日間の故郷の暮らしは、心を癒し和ませるものだった。母と昔話に花が咲き、今では考えられないが、小学校では革のランドセルが買えなかったため、紙に布を貼った簡易的なものを背負って登校した。悪童にいじめを受けてそれを破られたことがあ

り、母が泣きながら、

「ごめんね」

と何度も言いながら貼り付けてくれたことを思い出した。おとなしかった自分が手に負えない悪ガキになったのは、生活が豊かな者への反感だったのかも知れない。

それもつかの間、名古屋に帰る前日の夜になって激しい腹痛に見舞われた。その痛みは半端なものではなく、脂汗が出るほどであった。過去にこれほどの痛みは経験したことがない。

「冷蔵庫にある賞味期限切れの物を食べた食中毒か」

と疑ったりした。大正生まれの母は、食べ残しのおかずや菓子を、

ガンの疑いが晴れ、喜び勇んで降り立った旭川空港。以前はローカル空港だった感は否めないが、旭山動物園や美瑛の丘が人気で、最近は中国からのチャーター便が絶えなくなった。富良野の冨田ファームもほとんどが外国人で、日本語は聴かれない。

旭山動物園。象が飼育員を踏み殺す事故があり、一時は閉鎖を余儀なくされそうになったが、オランウータンの綱渡りを始め、動物の自然な動きを再現する施設が多いため、国内外で人気の動物園になった。ペンギンの雪道での行列散歩は観光客に人気が高く、年間を通じて国内外からの観光客も多い。

「もったいない」

「もったいないから！」

と冷蔵庫にいつも保管をする癖がある。

調味料などは賞味期限切れがあたり前で、九〇年以上生きた母にとって、二〜三年前はつい最近買ったのに等しいのだ。

胃薬や正露丸を飲んでみたが効き目はない。その痛みは夜中まで続いたが、不思議なことに翌朝には治まった。そのおかげで無事、名古屋に戻ることができたのである。

救急車による搬送

しかし、それから数日後、深夜になって再び激しい腹痛に見舞われた。今度ばかりは我慢できず、救急車を呼ばざるを得なくなった。妻は電話で、

「サイレンは鳴らさないでお願いします」

と言っていたようだが、静かな住宅街近くまでサイレンが鳴り響き、一目で自宅の前に救急車が停まったことは近所中に知れ渡った。

隣近所からは何事かと窓や玄関から顔を出しているのが見えた。

「なんと情けない」

そう思いながらも、あまりの痛さに救急車で運ばれている時間が長く感じられた。

近くの救急搬送先の病院に着いた時には、目を開けていることすらできないほどだった。

「とにかく痛みを止めてほしい」

痛さのあまり医師に嘆願したが、

「検査が終わるまでは処置できない」

そう言われ、一晩中痛みを我慢し続けなければならなかった。その間、数人の医師が検査結果を話し合う声が聞こえ、処置はその夜の当番医師が担当することになった。

複数の女の人の声がして、まもなく診察室が急に静かになった。それからしばらくして痛みが治まったのは、夜も明ける頃だった。

ホッとして薄目を開けると、ブラインドからの陽射しに照らされた女性の顔が映し出された。その瞬間、若くてその目鼻立ちの整った美しい顔に驚いた。一晩中付き添ってくれた夜勤の女性医師だった。

映画やドラマで女優が医師の役柄を務めることはあるが、本物である。この時ばかりはどんなに痛くても、

「もっと早くから目を開けていればよかった」

心から後悔したのである。

救急車で搬送された医療法人・豊田会・刈谷豊田総合病院。搬送された翌日、急性胆囊炎の摘出手術を受け、約1週間の入院生活を余儀なくされた。

その後、空きのベッドがないため、一旦自宅に戻ることになったが救急車の搬送はない。寝間着のままで靴もない。しかし、妻が普段着と靴を持参していた。救急車に搬送される前に用意したらしい。そのおかげで普段着に着替えて混み合う病院前のタクシーに乗り込むことができた。

「感謝!」

であると同時に、妻のその冷静さに驚いた。

胆のうの摘出手術

しかし、それで終わりではなかった。さらに翌朝、再検査が必要とのことで近くに住む卒業生に病院まで送ってもらった。その日は自宅に戻れる気がしなかったからである。図星だった。検査の結果、病名は急性胆嚢炎で緊急手術を受けることになった。急性胆嚢炎は一般には胆石によるものであるが、重症化している場合には治療が遅れると、敗血症や臓器不全で死亡する確率が高くなるようである。

手術前、ＭＲＩやＣＴ、レントゲン検査を受けることになった。これらの検査は間質性肺炎の入院期間を含めて定期的に受けているため、何の抵抗もなかったが、昨晩から何も食べていない。お腹が異常に空いてきた。

午後になると、あまりにも空腹になって血糖値も下がってきたようになり、

「食事をしてもいいですか」

看護師さんに訊ねると、

「絶対だめです」

呆れたような顔をして断られた。

その直後に診察室に呼び出された。医師からは、

「これから手術ですから執刀医の説明を聞いてください」

説明の内容は、何故手術が必要か、緊急を要する理由についての説明である。

「胆のうが破裂寸前で、危険な手術になるので覚悟するように」

とのこと。看護師からは手術に際しての結果に異議申し立てをしない旨の署名、捺印を数枚要求された。これを拒否すると手術はしてもらえないのだろう。

手術前、控室に息子の嫁と孫が駆け付けてくれた。三歳にも満たない孫が、抱きついて離れず、涙ぐんでいるようだった。

「幼いのに状況を把握しているのか？」

そう思えた。自分もこの歳ぐらいの時に、失敗はしたが自殺を決行している。

この孫こそが、間質性肺炎が悪化したのにも拘わらず、結婚式に出席した息子と看

病してくれた当時の大学院生だった嫁の子供である。自分の生まれ替わりと思っている孫である。この可愛い孫のためにも死ぬわけにはいかない。

執刀医は若くて二枚目の頭の良さそうな医者だった。

「まるで映画に出てくる俳優のようだ」

「これなら手術を失敗することはないだろう」

関係はないが、そう思えるほどだった。

手術後、意識を取り戻したのは麻酔の注射をされてから五時間後だった。かなり厳しい手術だったようで、食事も摂らずに手術が終わるまで待っていてくれた家族に感謝したが、五時間もの間、手術をする医師や看護師の体力と集中力の凄さに驚いた。

「医者は想像していた以上に激務だ!」と心から思った。

翌朝、お腹が空いて目を覚ました。丁度、朝食の放送があったので、点滴用のスタンドを押しながら朝食を受け取りに行った。

ところが、自分の朝食はもらえなかった。何故かと聞くと、

「昨晩手術をしたばかりなのでありません」

落ち込んで病室に戻ると、看護師に、

「寝ていないで歩きましょう」

と言われたが、既に歩いていたので不思議な感じがした。

それから三日間は、三分粥という名のお米など入っていない食事で三キロ痩せた。

お腹が空いた辛い入院生活が一週間続いたのである。

リハビリを楽しむ

肺の診察は三カ月に一度、リハビリ検査は半年に一度やって来る。運動不足の自分にとって、リハビリは体力回復の機会でもあった。

リハビリによる検査は、握力と下肢筋力検査、六分間の最大歩行距離、エアロバイクによる心肺機能検査などであるが、エアロバイクは、徐々に負荷をかけて心臓や肺機能への影響を調べるものと、最初から一定の負荷をかけて運動の持久力を測定する検査に分けられる。

一定負荷をかけたエアロバイクの持久力検査は最大三〇分まで行うが、当初は一〇分もできなかった。この時は、肺機能が回復しているとは言えず、大きく息を吸うような深呼吸ができない状態だった。これは、肺が機能する部分、いわゆる肺活量が通常の人よりも少ないからである。

持久力検査が三〇分持続しない場合には、鼻から酸素を吸入しながら再度検査が行われる。これらの検査は三日間に亘って実施されるのだが、手抜きは許されない。かなり厳しい検査と言ってよい。しかし、これらの検査が終了すると、呼吸が楽になったような気がする。やはり、残った肺機能の活性化には運動の効果があるようだ。

その後、六分間の最大歩行距離が増してきた。エアロバイクは酸素の吸入がなくても、一〇〇ワットの負荷で三〇分間漕ぎ続けることができるようになった。それからはリハビリ検査が楽しく思えるようになった。

「マグロ漁師のよう」

三〇分間のエアロバイクは汗が滴り落ちてくる。汗が目に入って痛くなるのだ。そこで、頭に手拭いを巻いて漕ぐことにした。

「魚屋さんや漁師が鉢巻をしているのはこのためか」

しかし、その姿はリハビリ室に馴染まないように思えた。

リハビリ室は高齢者が多く、歩くこともままならない患者が多いのだ。もちろん、交通事故や外科手術で入院している患者には若い人もいる。そんな中での鉢巻は、やけに目立つのだ。

「マグロ漁師のよう」

リハビリテーション部のマドンナ理学療法士に笑われたが、健康な人のように見てもらえることが嬉しかった。入院当時には考えられないことだったからだ。

しかし、周りを見渡すと、自分が少し場違いのようである。

「健康な人のトレーニングセンターではない」

「鉢巻姿でエアロバイクを漕ぐ姿は似合わない」

そこで鉢巻はやめることにした。

特定疾患の認定が解除されたのはそれから間もなくである。これからは国の医療費補助が得られない。今後、経済的には苦しくなるが、病気が回復してきたことに感謝しなければならないと思うことにした。

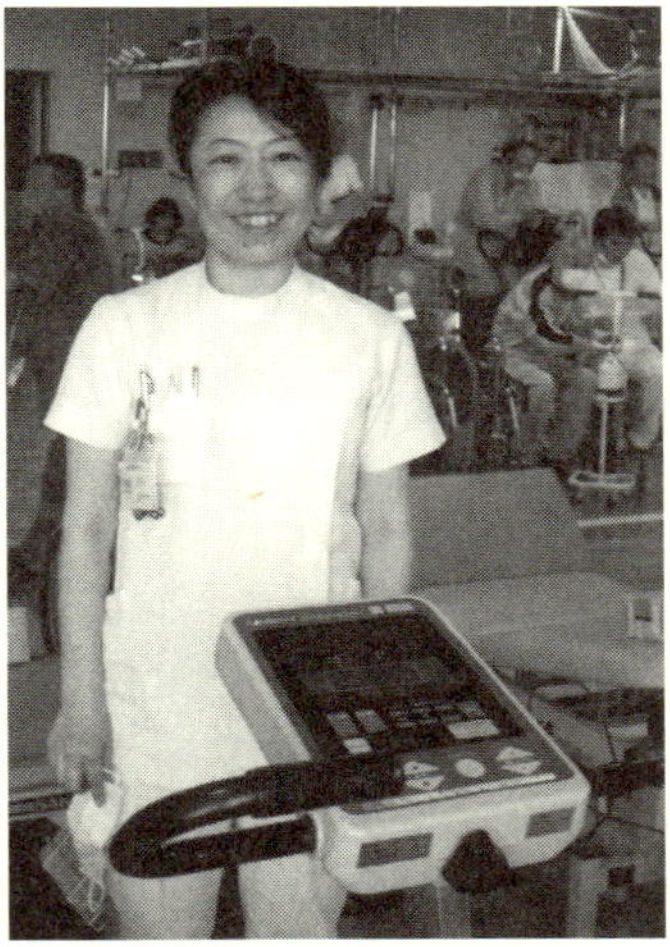
公立瀬戸陶生病院リハビリテーション部のマドンナ的存在である渡邉文子理学療法士。リハビリ検査ではいつも励まされて頑張ってしまうのだが、つい手抜きをすると必ず指摘されてしまう。小川智也室長と共に、10 年以上も見守ってくれた女性である。

週に一度の筋力トレーニング

刈谷総合スポーツセンター。老若男女、近隣のスポーツ愛好家が集うオアシスのようなスポーツセンターだ。自宅からは少し遠いが、１週間に一度は必ずトレーニングに通い続けることにしている。

退院して七年、入院前は厳しかった階段の上り下りや、軽いランニングもできるようになった。近くに住む会社経営者の空手師範が、スポーツセンターで筋力トレーニングをしているというので、連れていってもらうことにした。

このスポーツセンターは入会金がなく、毎回の使用量も銭湯代にも満たない。その経済的魅力に取りつかれ、週一回のトレーニングに参加した。

ランニングマシンやエアロバイク、各種トレーニングマシンが充実しているだけでなく、ベンチプレスのバーベルやスクワット用のスミスマシンなど、筋力トレーニングの器材も揃っていて清潔感があった。高額なスポーツセンターと比較しても遜色はないように思えた。

最初はマスクを手放せなかったが、以外に苦しいとは感じなかった。しかし、相変わらずエアロバイクは健康な人のようにはいかなかった。特に、ランニングマシンでは一時間以上走っている人も多い。

肺機能を活性化させるには、肺活量が必要な運動機能を高めることが大切とは知っていたが、長時間のランニングマシンは無理だった。そこで、以前やったことがあるベンチプレスに挑んでみた。もちろん、バーベルを持ち上げる時は、空手師範が心配していつもサポートしてくれた。

空手師範が礼儀正しいのには驚いたが、ベンチプレス一〇〇キロを上げる素晴らしい肉体の持ち主だった。年齢は自分より三〇歳ほど若く、息子と同年代であるが、一緒にトレーニングをしてくれる気持ちがありがたかった。

トレーニングセンターでいつもサポートしてくれる岩堀哲也空手師範。彼は全日本和道会、知立市拳誠会の師範であり、地元でも名の知れた武道家である。

あれから三年が過ぎ、毎週一度のトレーニングが習慣になり、知りあいも多くなった。二〇歳前後の若者や主婦、定年を迎えた人、外国人が分け隔てなくつき合える雰囲気が好きだった。

パワフルなブラジル系

トレーニングセンターには格闘家や実業団の選手、ボディビルコンンテストに出場している人もいた。特に、バーベルやスクワットの筋力トレーニングは、外国人が多く使用していて、言葉も国際色豊かである。日系三世のブラジル人が多いようだが、日本語に対しての努力は大変なもので、頭が下がる思いである。

ブラジルはポルトガル語が主流だが、ポルトガル語で話しかけるとあまりいい顔はしない。その理由についてはわからないが、日本人と筋力の違いを見せつけられることが多い。

スーパーマンのような体型をしたブラジル人は、日系三世のようだが背も高く、顔も小さくてハンサムである。モンゴル系の日本人とは根本的に体型も体力も違うのだ。たまに知りあいの女性を連れてくるのだが、胸の張りや腰の括れが日本人とは違っているように思えた。

ただ、女性を含め、ほとんどのブラジル系は刺青をしている。これはフィンランドでも見られたことで、以前、ロヴァニエミの街で妻に胸や腕のみならずスキンヘッドの頭にまで刺青（入れ墨）をしているモヒカンの若者が、ホテルのドアを開けくれたことがある。

妻は先入感から戸惑っていたが、日本とは違って刺青は文化なのだろう。刺青は読んで字のごとく青である。それでも日本の場合はスーパー銭湯へは入れないのだろうか？

彼らはベンチプレスでもパワフルである。一二〇〜一三〇キロを軽く持ち上げる。しかし、一緒にトレーニングをするのも励みにもなっているから不思議である。

トレーニングの効果

トレーニングを始めてから三年。今では自分もベンチプレスで一〇〇キロ、フルスクワットで一二〇キロが上げられるようになった。

これほどまでになれるとは思いもよらなかったが、この体力が今日まで生き続けることができた源かも知れない。

しかし、食生活や睡眠、規則正しい生活を怠ると、すぐにバーベルは上がらなくなる。体力を維持・向上させるのは本当に難しい。これからは、健康管理に対する厳しい意識を持ってトレーニングを続けたいと考えている。

間質性肺炎の病状から逃れることはできない。しかし、トレーニングをすることで納得して最終章を迎えられそうな気がするのである。

現在はスポーツセンターの週一回の筋力トレーニングに加え、一日積算二百回の腕立て伏せと百回の腹筋を毎日続けている。いつまで続けられるかは知れないが、線香花火で終わりたくはないと考えている。

トレーニングセンターでは、ベンチプレス（上）が最大 100 キロ、スミスマシンではあるが、フルスクワット（下）では 120 キロが持ち上げられるようになった。これも間質性肺炎になった効果と言えるかも知れない。

白夜であり続けたい

思えば特発性間質性肺炎と診断され、余命二カ月を宣告されてから十年が経過した。死を覚悟した日々が思い出される。今では生きていることに感謝している。発病してから誕生した可愛い孫も小学校に入学した。

間質性肺炎が不治の病であることは理解しているが、ここまで生き延びることができたのは、公立陶生病院の患者に対するワーキンググループ体制にある。

呼吸器系の世界的な主治医を始めとする担当医師、リハビリの担当技師、ならびに病院の多くの看護師の方々の連携による医療体制にある。心から感謝の意を表したい。

たとえ、日没間近であったとしても夢と希望を絶やさずに、白夜であり続けることが恩返しであると思っている。

また、家族はもとより、多くの人たちの支えなくしてはこれまで生き延びることはあり得なかったであろう。これから自分のなすべきことは、同じ病気を患っている多くの人たちのためにも、一日でも多く生き続けることである。

最後に、専門的立場から医学用語も含め、査読していただいた公立陶生病院の主治医である谷口博之参事、およびリハビリテーション部の小川智也室長、渡邉文子理学療法士に心から感謝の意を表したい。また出版にあたり御協力、御指導いただいた風媒社編集長の劉永昇氏に感謝を申し上げる次第である。

夏至を過ぎた夜10時以降でも、まだ明るいフィンランド・ヘルシンキ駅周辺。ヘルシンキ大聖堂が右に見える。
（恩田佳代子撮影）

著者略歴

大和田 道雄（おおわだ　みちお）
北海道上川郡当麻町出身
1944年生まれ。専門は気候・気象学、都市大気環境学
理学博士（筑波大学）
法政大学大学院修士課程在学中に吉野正敏（現・筑波大学名誉教授）に師事し、文部省（現・文部科学省）の海外学術調査（旧ユーゴスラヴィア「BORA」調査隊）隊員、文部科学省フィンランド在外研究員。現在は愛知教育大学名誉教授

（主な著書）
『名古屋の気候環境』（編著）荘人社　1980年
『矢作川流域の気候』（編著）壮人社　1984年
『NHK暮らしの気候学』（単箸）日本放送出版協会　1989年
『伊勢湾岸の大気環境』（単箸）名古屋大学出版会　1994年
『都市の風水土―都市環境学入門―』（共著）朝倉書店　1995年
『環境気候学』（共著）東京大学出版会　2003年
等がある。

白 夜　―余命二カ月・間質性肺炎との共生―

2015年12月1日　第1刷発行　　（定価はカバーに表示してあります）
2022年2月17日　第3刷発行

著　者　　大和田　道雄
発行者　　山口　章

発行所　名古屋市中区大須1-16-29　振替 00880-5-5616 電話 052-218-7808　http://www.fubaisha.com/　風媒社

*印刷・製本／モリモト印刷　　乱丁本・落丁本はお取り替えいたします。
ISBN978-4-8331-5300-3